寄庵隨筆

民初詞人汪東憶往

汪東—原著
蔡登山—主編

汪東先生

導讀　詞人本色汪東

蔡登山

二〇一〇年二月間，因寫黃季剛的文章，要參考汪東的《寄庵隨筆》，遍尋圖書館不著，向張掖的友人黃岳年兄提起，不久黃君不僅寄來該書，另有厚厚一大冊《夢秋詞》，說是託人在北京找到的。兩本已絕版多時的書，從北京到張掖再到臺北，飛渡萬里江山，朋友的高情盛誼，讓人銘感五內。

說到汪東，今人多不識矣。他是晚清至民國的外交家汪榮寶的弟弟，原名東寶，與兄感情殊篤，後榮寶卒，他有感雁行折翼，改單名為東，取旭日東升之意，以旭初為字。他弱冠留學東瀛，先入成城學校，後入早稻田大學預科，畢業後入哲學館，同時加入同盟會，擔任《民報》撰述。一九〇六年，章太炎在東京開設「國學講習會」，定期講授文字學、音韻學、莊子及中國文學史等課程，汪東與黃侃、錢玄同、吳承仕、魯迅、周作人、許壽裳等一同前往聽講，北面受業，其中黃侃、汪東、錢玄同精於文字學，吳承仕精通經學，四人有「章門四子」之稱。後來又加上朱希祖，另號章門「五王」，皆餘杭太炎得意高足也。

一九一二年，章太炎在上海籌辦《大共和日報》，章任社長，汪東為總編輯，錢芥塵擔任經理，沈伯塵主插畫，日出兩大張。鴛鴦蝴蝶派作家李涵秋有小說原名《過渡鏡》，講揚州的三戶人家的世態沉浮和社會變遷，揚州古稱廣陵郡、廣陵國，於是錢芥塵將書名改為《廣陵潮》，在《大共和報》的副刊專欄《報餘》上逐日連載，一時洛陽紙貴。

「補白大王」鄭逸梅說汪東「所娶費氏，為費仲深（樹蔚）妹，早卒，續娶陶孟斐，白頭偕老。」又說：「旭初詩，有那麼一句『一生受盡美人憐』，或許他尚有些羅曼史呢。」鄭逸梅後來雖與汪東有所交往，但他實際上並不瞭解實情。據汪東的姪兒汪公紀大使（臺灣女導演汪瑩的父親）說他的八叔碩長而白，高額豐鼻，年青時也算得是美男子，「八叔出任餘杭縣的知縣，在縣裡遇到一個艷妓，有意把她迎娶過來為妾。八嬸在京中聞訊，不顧自己生病的兒子，趕忙的由京中趕到縣裡，把她的情敵攆走了。雖然這次吵鬧，艷妓表面上是吃了虧，但是受創最重的還是八嬸。就在她往返京浙的十幾天當中，寶寶乏人照料，竟夭折了。而八叔遇到了妒妻，又傷子，在縣裡丟盡了威嚴，也掛冠而去。他氣憤填膺久久不消，從此不願同房，就此絕了嗣。」後來汪東當了南京中央大學的文學院院長多年，他一個人獨居南京，夫人陶孟斐則留在蘇州，直到抗戰勝利還都，十餘年不見面的夫妻才盡棄前嫌，和好如初的。

汪東在中央大學教的課，是中文系一年級必修的文字學，二、三年級選修的唐宋詞，都有他自己編的講義。據其學生說講課雖然略帶蘇州土音，但聲宏氣壯，坐在大教室的後排，也聽得很清楚；尤其講唐宋詞，遇文句美妙處，直欲將「文外曲致」道出時，更覺響亮，說到激動處，甚至額上暴出一根青筋，頻頻以手帕拭汗。汪東實兼儒林文苑之長，學術閎通，文章雅懿，更工於詞，以為不在周邦彥之下。論者以其「宗清真，控縱自如，頓挫有致，舒徐綿邈，情韻交勝」，在唐五代兩宋諸大家之外，能別開生面，獨樹一幟，而甚加推崇。《夢秋詞》係汪氏親自編定並繕錄者，輯自一九〇九年至一九六二年的詞作，凡二十卷，計存詞一千三百八十餘首。篇什之富，為歷來詞家所罕見。該詞集曾抄錄兩份，擬影印出版，未果，汪氏羈留大陸，鬱鬱以終。詞稿其中一份由其摯友張瑞京帶到臺灣，後交給汪公紀，再交沈雲龍，收入《汪旭初先生遺集》於一九七四年出版。另一份留在大陸，十年浩劫中，幾被付之一炬，幸經其後人汪堯昌從火堆搶救出，得以在一九八五年影印出版。

名師出高徒，汪東在《寄庵隨筆》中說：「余女弟子能詞者，海鹽沈祖棻第一，有《涉江詞》傳鈔遍海內，其〈蝶戀花〉、〈臨江仙〉諸闋，雜置《陽春集》中，幾不可辨。」「又有尉素秋者，蕭縣人，亦卒業中央大學。讀詞課時，初無表現。及余臥病歌樂山，素秋亦入蜀，頻來探問。出其詞，音節抗爽，與祖棻之淒麗婉曲者異，蓋各如其人。」

尉素秋是知名政論學者任卓宣（葉青）的夫人，也是尉天驄教授的姑母，來臺後除了致力教育工作外，也為臺灣現代文學出力甚多，她資助尉天驄創辦《筆匯》月刊、《文學》季刊，發掘了小說家陳映真、黃春明、王禎和等一批作家，黃春明曾以「新文學之母」來稱呼她。尉素秋回憶當年她們五位女同學還在中大的六朝松下的「梅庵」組成一個詞社，名曰「梅社」。雅集唱和，並以詞牌作為各自的筆名，如：霜花腴曾昭燏、點絳唇沈祖棻、虞美人章伯璠、菩薩蠻徐品玉、聲聲慢杭淑娟、破陣子張丕環、巫山一段雲胡元度、齊天樂游介眉、釵頭鳳龍芷芬、西江月尉素秋等。她們又把各人派作《紅樓夢》中的人物，於是寶釵、湘雲、寶琴、元春、探春、岫煙等，都復活起來。她們覺得老師中胡小石最慈祥，派他作賈母，汪東最嚴肅，派他作賈政。

汪東為此寫了兩首七絕：

悼紅軒裡鑄新詞，刻骨深悲我最知；
夢墮樓中忽驚笑，老夫曾有少年時。

若個元春與探春，寶釵橫鬢黛痕新；
化工日試春風手，桃李花開卻笑人。

言下之意是說他幼時最得祖母寵愛，人們把他比作《紅樓夢》裡的賈寶玉，而今卻被這群女學生視為賈政，真是「差很大」！而自己一手培植的門牆桃李，忽然取笑自己的老師來了，真是莫可如何。嚴肅的老師，碰到這群調皮的女學生，還是只能相顧失笑，不以為忤的。

《寄庵隨筆》是在抗戰勝利後在上海《新聞報》連載，直至汪東去世時，並未刊行。而一九七四年臺灣文海出版社出版的《汪旭初先生遺集》亦沒有收入。直到一九八七年上海書店才出版簡體直排版，但印量極少，早已絕版三十年了。此次重新打字校對重印，也是首次以繁體字出版，並新增一副書名，作《寄庵隨筆：民初詞人汪東憶往》，特此說明。

目次

附錄

序言

汪丈旭初，原名東寶，和曾任駐日大使的汪榮寶為同懷兄弟，江蘇蘇州人。他的先德官鎮江府訓導，凡數十年。旭丈昆仲，都誕生於京口金焦間，及榮寶下世，旭丈有感雁行折翼，改單名為東，字旭初，一字寄生。他對於四季氣候，獨喜秋令爽朗。後讀湯卿謀文：「秋可夢乎？曰可。」乃署夢秋，刻有「秋心」小印。那寄庵是他的號。旭丈蘇居道堂巷，我賃廡胥門外的棗花墅，隔著城廂，無緣晉謁，聞聲渴慕而已。直至抗戰勝利，他老人家由渝東歸，蘇滬相距較近，常來海上訪舊，藉以疏散。時孫家鼐殿撰哲嗣孫君伯群，留學異邦，和胡適之同班，學成返國，治貨殖經濟，闢屋莫干山路，而為人極風雅，沉酣於文史，素標緗帙，燦然照眼。所藏書畫，尤多扇頁，部居類匯，各有其次。鏡框以數十具計，每框裝配四扇，懸壁殆滿，若干時日，換置一批，以新展玩。旭丈和孫君為世交，來滬輒下榻其家，俯仰談笑，樂且宴如。我舍在長壽路，和莫干山路相距僅數百步，而與孫君亦相識有素。一日往訪，適旭丈在座，由孫君作介，渴慕很久很久的鄉前輩，一旦得挹光儀而聆清誨，這是何等快慰啊！旭丈平易近人，一見如故。這時我刊行《味燈漫筆》，蒙他寵題一詩：「月旦評量古有之，偶拈世說亦堪師。多君閒話淞雲後（原注：逸梅著有《淞雲閒話》），又對青燈憶往時。」他所撰的《寄庵隨筆》，又提及我的《小陽秋》，殆所謂翰墨因緣吧！

旭丈為國學大師章太炎的大弟子，凡列太炎門牆的，什九以樸學著稱，旭丈治詞章，堪稱異軍蒼頭。他的《夢秋詞》，存稿數十年，去歲，才尤其後人汪堯昌整理出版。當時那位文史版本專家呂貞白，喜作長短句，讀旭丈詞，為之心折擱筆。又沈祖棻有《涉江詞》，馳譽國內外，她便是旭丈的得意女弟子。一次，某社延旭丈主持詞學講座，我偕王佩諍教授往聽，旭丈滔滔汩汩，弘廓淵沖，掉鞅今古，佩諍遞一條，請旭丈作倚聲的傳統誦唱，他即引吭高吟，極抑揚頓挫之妙。

民初，旭丈主《大共和日報》筆政，推為報壇耆宿。時《新聞報》附刊，連載劉成禺的《世載堂雜憶》，累年畢，報社編輯嚴獨鶴，以旭丈博雅多聞，詞情英邁，且和成禺同隸南社，天球琬琰，相得益彰。便商諸旭丈，為附刊執筆。適旭丈閒居多暇，應之操觚，標題為《寄庵隨筆》，連載了一百多篇，意倦始輟。有人評騭兩者所作，謂「《雜憶》以質勝，《隨筆》以文勝。」解放後，《雜憶》刊為單行本，《隨筆》未付剞劂，讀者引為遺憾。我也喜讀旭丈文章的風華典麗，見必剪留，奈忙亂健忘，往往失付並剪，黏之於冊者，只什之四五，事後頗悔，然欲補無從，徒呼負負。不意鄰人韓非木，與我有同好，也有剪貼本，我知而向之借抄，自首則至六十則止，後半付諸闕如。既而探得同社陸丹林，剪存相當篇目，復借之補抄，又承寄漚潘景鄭以所錄見示，雖繕寫甚精，可是亦僅一斑，欲窺全豹，姑待異日。事有湊巧，我友劉華庭來訪，他是文史的拓荒者。和他談及《隨筆》，他立允願為搜采，果不半載，有志竟成，居然全帙無缺，並擬為之印行問世。這個好消息，振奮了我，為這書草一序言，這是義不容辭的。且不僅如此，更把我所知旭丈的小佚事，附帶記述，以為序言之殿。

旭丈工書能畫，尤擅畫梅，他自謂：「畫法出於錢叔美。」因畫梅復喜觀梅，他說：「觀梅佳地，一在吳中鄧尉，一在重慶清水溪。」他又嗜啖水蜜桃，其友羅良鑒居蘇葑門樂小橋，隙地二十餘畝，植桃都屬名種，約旭丈桃熟時，舉行蟠桃雅集，奈旭丈旅遊在外，未克踐約，及聽到良鑒去世，為之嗟嘆不置。又陳迦陵客冒巢民家十年，所居樓，歸巢民後人冒鶴亭，鶴亭因乞朱古微書「陳樓」二字為榜，旭丈為賦《金縷曲》，有「水繪佳名傳奕世，別起陳樓堪配。」又，吳中沈挹芝舊藏一硯，鐫有「寄庵」二字，絕工致，挹芝知旭丈號寄庵，便把這硯貽贈之。旭丈賦《江南春》詞為謝，有云：「要助我梅窗記曲，竹屋分圖，端溪小硯如笏。」又，吳中韓家巷，有鶴園，主人龐蘅裳以園中一奇石，請旭丈題名，為書「掌雲」二字，且刻之石上。又，呂貞白以夏敬觀為彼所繪的《碧雙棲樓圖卷》，懇旭丈作一跋語，旭丈攜諸車上，不料下車失之。不得已，向貞白致歉。貞白不以為意，謂：「此亦一佳話，不妨詞以紀之。」最近刊行的《柳亞子書信輯錄》，也談及旭丈：「旭初是我姨丈，我的姨母和我年齡差不多，也許比我還小，死去已十多年了。現在他的夫人是續弦。」別有一通書信：「旭初先生對我批評『個性極強』四字，深得我心，我非常高興。我是王仲瞿，他不愧為舒鐵雲。」凡此種種，具見前輩風流，悠然自遠，對之能不令人矯首仰止！

一九八六年初夏 鄭逸梅識於紙帳銅瓶室

此地何人悲往事

余年十七八時，方留東京，入同盟會，為《民報》撰文，自署寄生。所含蓋有三義：人生如寄，一也。棲息客帝之下，等於物之寄生，二也。象譯之名，東方曰寄，三也。其後清政既革，余流徙南北，靡有定居。容膝之處，每題「寄庵」，則專取第一義。迨民國二十三年，築室於蘇州北園隙地，仍用此名。時餘杭章先生亦寓蘇州，請其榜題，先生以《說文》無「庵」字，借「鶕」為之。嘗貽書黃季剛，謂本字當作「奄」，然旭初無子，恐類戲謔，故易作「鶕」，老輩下筆矜慎如此。顧余仍作庵者，「庵閭」之名，已見相如《凡將篇》，雖篆文無據，非俗字也。退老於斯，罕與人接，追憶平生師友，及展卷所得，耳目之所見聞，日記一二條，稱心而書，漫無詮次，命曰隨筆者，昭其實也。

先一年，季剛亦營宅南京藍家莊，取陶詩量力守故轍意，名之曰「量守廬」。

既成，屬余為圖，余又集宋人詞為聯語贈之，上云：「此地宜有詞仙，山鳥山花皆上客。」下云：「何人重賦清景，一丘一壑也風流。」季剛甚喜。一日忽去之，曰平頭為「此地何人」，語殊不吉，余笑謝之。次年重九，季剛登豁蒙樓歸，飲大醉，嘔血盈升，其女夫潘重規夜半走白余，黎明，邀中央大學醫學院長戚壽南同往視之，戚斷為胃潰瘍，遂不起。殮之日，余復往弔，則見此聯赫然懸書室中，季剛自題一詩於上云：「此地何人更不疑，藍莊巘蔣總迷離，先生一醉渾無事，上客為誰也不知。」詢題詩之日，即重九飲醉後也。是年二月，季剛五十生日，章先生贈聯，上用「韋編三絕」，下用「黃絹」二字。黃絹色絲，亦「絕」也。先生於無意中用之，季剛亦未加省察，竟成語讖，悲夫！

《民報》之全盛時期

民國元年，余在上海，為《大共和日報》總編輯，季剛則主《民聲日報》，所居亦相近，遊宴過從無虛日。季剛方好為詞，約同和《清真集》，未成。又聯句和李後主詞，刻燭而就，時鄭叔問為詞家宗匠，錄以請益，鄭書其後云：「悱惻纏綿，不忍卒讀」。季剛怒，以為諷也，作詩報之，有「獨弦何用賣聲名」之句，嗣康心孚取之以實雅言，余與季剛並不著集中，亦久不以為意。其後客重慶，見副稿在心如處，蓋又從心孚得之也。當時共遊處，商文字者，尚有王容子、劉仲蘧諸人，仲蘧嬰暴疾卒，季剛哭之慟，謂余：「設我不幸，君當作何語？」余遽集古人詩應之曰：「我意獨憐才，平生風義兼師友。誰能長壽考，九重泉路盡交期。」季剛稱善，及其歿，別撰哀辭而外，遂並書此語輓之。

《民報》創始於建國前七八年，月刊一冊，歷二年余始罷。鼓吹革命，風靡海內，清廷雖忌之甚，然竟無如何也。當全盛時，執筆者皆一時才俊之士，初由陳天華主編輯，天華蹈海，胡展堂繼之，章先生《蘇報》獄解，黨人迓之東渡，復繼展堂。自數君外，撰文署精衛者為汪季新，亦署「撲滿」。「塴齋」為宋鈍初，「韋裔」為劉申叔，「運甓」為黃季剛，余不能盡憶。廖仲愷、朱執信不在社中，偶有譯文一二篇，刊諸附錄而已。精衛文筆凌厲，而又淺顯易解，故尤為人所喜讀。願挹風采者，望之幾如朝霞鳴鶴，不意晚年變節，自喪令名。世固有兩截人，如柳宗元所譏河間婦者，真不可料也。

冷月荒郊驚怪物

清末，日本文部省有取締留東學生之議，眾憤慨，將輟學歸國。革命黨人以為小不忍則亂大謀，思有以勸阻之。一日，眾方集會，精衛往，登臺發言，謂「歸」與「留」宜各聽便，眾大嘩，驅之使下，精衛既出，攜一劍復往，躍而登，擲劍案上曰：「有梗吾言者，請鬥。」皆莫敢動。精衛本辯給，畢申其辭，眾意亦解，精衛徐拔劍撫之曰：「此木質者耳。」明日哄傳為笑，其少年行事大率類此。余初與相識，嘗集龔定盦詩贈之曰：「詞鐸落月互縱橫，難遣當筵遲暮情，各悔高名動寥廓，非將此骨媚公卿。故家自怨風流歇，消息都防父老驚，吟到恩仇心事湧，原非感慨為蒼生。」及聞其死，復作一詩曰：「郿塢燃臍事可傷，感恩猶得蔡中郎，豈緣天意終相厄，或恐人謀亦未臧。少日齊名今敵國，他年青史有雌黃，詞鐸落月縱橫句，憶舊難禁涕淚滂。」首二句謂其為公論所棄，並不如董卓之有蔡邕，蓋深譏之，次謂其自貽伊戚，末二句則又追思往日而深惜之也。

黃花岡七十二烈士中，唯林時塽與余交最稔。林字廣塵，侯官人，性疏宕不拘小節，善書，能為韻語，皆倜儻如其人，余贈以長句，中有云：「君詩使我又驚絕，字字錯落明珠璣，擲金戛玉振奇響，三千瓦釜噤若雌。」時各省留學生集東京者，競發刊論著，響應革命，福建學生亦創雜志曰《天聲》，林使余署簽，不稱意，援筆自為之曰：「君書筆筆死紙上，我書則龍跳虎擲也。」余亦以為然。一夕，會於《民報》社，忽傳劉崇佑縊死某地深林中，崇佑，林之鄉人，而與余為同學。亟邀同往視，乘微月，度曠野，乍見一物橫道上，色黝黑，蠕蠕而動，狀類巨橐。林俯身叱之，其物有聲若噓，凄厲而舒長。林急挾余反奔，余著木屐，趾痛，欲少休，林不許也。翌日乃知死者非劉，一朝鮮人，警察於其衣袋中得崇佑名刺，故致誤耳。至道中所遇何物，終莫能明，或疑男女幽會，然決無當道之理也。至今思其情狀，猶有餘慄。

傭書誰復識英雄

廣州之役，部署未周，而事先洩，倉卒發難。攻總督衙門，守者發彈，廣塵殞儀門外，諸被執者皆慷慨就義，一日而死黨中英雋數十人，事之壯烈，前所未有也。餘杭殷竹林者，亦躬預其役。殷初隸趙聲部下，聲任運輸軍械，以勞得疾，臨事，不能往。殷從黃興突入總督衙門後堂，空無人。知總督張鳴岐先避去，欲退，則門以外方酣鬥。亟護興突旁舍出，伏民居，被圍，從障後射擊，殪數人。圍者不知虛實，解去，而彈亦適盡，棄槍易衣，溷眾中得脫。民國既建，趙聲死，遂無有知其姓名者。抗日軍興，殷老矣，播遷入蜀，貧不能自存，因人之薦，為內政部禁烟委員會書記。三十二年春，余養疴黑石衛，即禁烟會所在地，聞其狀，使人招之。先是余曾為餘杭令，殷亦夙知余，欣然來談，問廣州舊事，口講指畫，昭晰如繪。余欲達之於上，而殷意態蕭閒，殊無所可否。乃嘆瑰異之士，湮淪者眾，若殷口不言功，安於隱退，尤今世所難能者。逾年竟客死，傷以一詞，調《浣溪沙》云：「時命由來即事功，販繒屠狗是英雄，竹林誰與挹清風。碧血幾人同化磷，青編無筆更褒忠，此生元合老書傭。」

章太炎講莊子

顧亭林當明亡後，奔走南北，以書自隨。雖夜止逆旅中，亦必秉燭讀書，丹黃在手，臨發，則復細載以行。其所以能成為一代學者，蓋非偶然。太炎先生以亭林自況，居東瀛時，贊畫大計，為《民報》撰述文字，月數萬言，暇則治學不輟。嘗應諸生請，集會開講，周樹人、黃侃、錢玄同輩，皆於此時北面受業。所講以《說文》、《莊子》為主，其說《莊子》，除明訓詁外，啟發玄言，多與釋氏相契，後簡括其義為《莊子解詁》。又別著《齊物論釋》，餘若《新方言》、《小學答問》二書，亦先後數年中作也。並時稱淹貫博通，相為師友者，則儀徵劉申叔。申叔襲父祖遺業，著述之富，過於太炎，然精核或遠遜。章、劉嘗同僦一舍，劉妻與表弟汪某昵，申叔不察，太炎先生陰規戒之，遂有違言。其後某假申叔名告密，被刺上海。而申叔卒為端方羅致幕中，其實但以食客視之，未嘗加尊禮也。端去兩江，申叔旋入川教學，及武昌首義，成都響應，軍政府縶之，幾不免。時太炎先生已歸抵上海，急電營救，謂不可絕中國讀書種子，其事始解。不數年而復與楊度、孫毓筠等發起籌安會，作文頌帝制。嗚呼！誦白圭之詩，為之興嘆矣。

中叔擅經術，兼綜今古文家之學，疏釋疑滯，渙若冰解，小學則非其所長。尤拙於書，筆劃欹斜，類小兒初習學者。其妻訾之，申叔不服，曰，我書佳處，唯太炎知耳。妻問果佳否，先生詭答曰佳。復問學何種書，曰，俗人不曉，此乃「比干剖心碑」也。

蘇曼殊喜啖牛肉

蘇子穀，即曼殊上人，香山人，母日本籍。其從母有女絕美，與曼殊相愛。顧從母家薄其為「支那人」，求婚不許，乃憤而出家。走印度，習梵文字，又嫻英吉利語，譯拜倫詩數章，一時傳誦。其中實有太炎、季剛所潤色者。偶為絕句，凄麗多感。其小說若干種，則皆隱有所指，蓄蘊結之情，隨處託以宣露也。喜啖牛肉，嘗集《民報》社，曼殊入浴，余戲語人，吃牛肉料理去，拔關著屐，故使之聞。曼殊恐後，裸而出，則眾皆安坐，拊掌絕倒。曼殊瞠目徐語曰：豈紿我耶？眾又大笑。性痴黠各半，然狡獪處即是真率處，吾所識中無有與之相類者。近聞有人欲搜集事實，製為電影。不知何人能肖我曼殊也。

曼殊畫無師承。觀其點染之法，類日本畫師，然意趣佳妙，流傳不多。余所見僅兩幅，其一「匹馬度關」，太炎先生摘李白「蜀道難」句題之，載《民報》中。

其一「扁舟柳蔭下」，一僧吹笛而渡，載《華國月刊》中，元本不知今在何處，世有藏者，當視為瑰寶。

弘一大師之綺語

同時有李哀者，字叔同，別署息霜，天津人，頗寄情聲色。清光緒末，至日本，肄習美術，與陳師曾同學。當時話劇甫東行，叔同結春柳社，演《茶花女遺事》，及《黑奴籲天錄》，自任主角，歐陽予倩亦在社中，後遂以皮黃青衣著。民國初，叔同歸，任《天鐸報》編輯，後數年，忽因家難，投金山寺剃度為僧，僧號弘一。金山寺律宗，故弘一守律至精核，與曼殊異，行腳四方，進修不懈。聞居某寺日，其日本妻訪得之，乞友人同往，欲以情語動之，使還初服，弘一但略與他人酬答，終不顧也。至三十一年，化去，律宗奉為大師，稱第幾祖。臨化之前，留偈語二，其一垂示徒眾，其一則別世間諸友好者。余時臥疾歌樂山，或錄以見示，苦不記憶，世必有能舉其全辭者，願更鈔寄也。

叔同未為僧時，多綺語。四十年前，余編錄近人詞，曾得其數首。《菩薩蠻》

云：「燕支山上花如雪，燕支山下人如月，額髮翠雲鋪，眉彎淡欲無。夕陽微雨後，葉底秋痕瘦，生小怕言愁，言愁不耐羞。」其二云：「曉風無力垂楊懶，情長忘卻遊絲短，酒醒月痕低，江南杜宇啼。痴魂銷一捻，願化穿花蝶，簾外隔花陰，朝朝香夢沉。」原題云：「乙巳七月，將南下，留別翠喜。」翠喜者，北妓名。又《高陽臺・憶金娃娃》云：「十日沈愁，一聲杜宇，相思啼上花梢。春隔天涯，劇憐別夢嫵遙。前溪芳草經年綠，甚風情辜負良宵，最難拋，門巷依依，暮雨瀟瀟。而今未改雙眉逗，只江南春色，紅上櫻桃，忒殺迷離，匆匆已過花朝。遊絲苦挽行人住，奈東風冷到溪橋。鎮無聊，記取離愁，吹徹瓊簫。」金娃娃不知何許人，叔同別有《金縷曲》贈之。其後半云：「泥他粉墨登場地，領略那英雄氣宇，秋娘情味，雛鳳聲清清幾許，銷盡填胸豪氣，笑我亦布衣而已，奔走天涯無一字，問何如聲色將情密，休怒罵，且遊戲。」則金亦歌伶也，詞筆輕倩，何減名家。唯弘一師已以苦行證入究竟涅槃，而我尚傳其風懷之作，得非口過邪。

太虛宴客嘗豆腐

太虛法師亦今之龍象，於內典外，兼讀儒家書，立義敷詞，辯才無礙。余編《華國》時，屢承以論著相貺，惜亂後散佚，無復存者。後主持佛教會，聲譽日起，頗預世事，與文人政客咸有往還，或譏之為「政治和尚」，蓋宏法之效多，則修持之功少耳。平生饒於自奉，居重慶長生寺，宴客賦詩。余在座，師指豆腐一品，曰：「請嘗之。」味甘而脂膩。師言此細磨落花生果為之，非真豆也。他饌精潔稱是。季剛性不能蔬食，嘗從師遊廬山，他日亦語人曰：「陪太虛食，何必思肉。」長生寺旋為寇炸彈所毀，師已他去。三十二年，復見諸縉雲山中，方示疾，小坐別去，遂成永訣。師撰述甚多，不知有為結集者否。因記民國六年，師於寧波阿育王寺閉關竟，余從會稽道尹劉邦驥同遊寺中，始相識，短髮蓬蓬然，猶未及修治也。出示初出家小像，上題數語云：「你你你，我認得你，你就是你。」劉盛贊之，其實未脫禪宗機鋒語耳。寺別有一僧，隱於舂碓，冬夏一衣，不淨不垢。劉聞，召之來，時方盛暑，著棉衲，無汗。見但合掌，無他語，是殆有道者。

戒殺必以不食肉為始，蒙藏諸地，捨牛羊外，無可充饌，不得已而食之，所謂方便法也。邇來西藏諸師傳教中土，信奉者亦從之，甚有已斷肉食而復開戒者，曰：「吾師所許也。」此則終有所疑，《楞伽經》載佛言：「凡是肉者，悉不應食，凡殺生者，多為人食，人若不食，亦無殺事，是故食肉與殺同罪。」又言：「凡是肉者，一切悉斷，我不曾許弟子食肉，亦不現許，亦不當許。」又言：「若有痴人謗言如來聽許食肉，亦自食者，當知是人惡業所纏，必當永墮不饒益處。」丁寧切至，無有過於此者。世人貪著口腹，殺業累累，刀俎眾生，了無悲憫，不知充一念之暴，戾氣相感，橫召刀兵，轉相屠戮，至於肝腦遍地，而猶無悔心，何其悖也！肉食之獸，必殘虐猛鷙，反是者多溫馴，目前之驗，人苦不思耳。

手摩念珠現舍利

藏中大師來此傳教者，前有諾那，後有貢嘉。南京先為諾那立精舍，在城南小油坊巷。比年貢嘉來，即住其中。戊子春，應諸居士請，開講《心經》三日。余親友中多皈依者，邀余往，獲聞勝義，師用藏語，任翻譯者為浙江胡亞龍女士。經亦有譯本，與唐譯小異，欲加對勘，未暇也。宣咒時，於揭諦上增「歹鴉他（斷）嗡（略斷）」四音。結語「菩提薩摩呵」，讀如「菩提莎哈」，則知唐譯「薩摩」二字當合讀，「呵」字為開口音也。「波羅」二字，亦開口音，此足以證成先兄兗甫古音「歌戈入麻」之說，唯讀「菩」字仍在魚模耳部。貢嘉每到上海，戚友孫伯群迎至其家，虔誠供養，呈念珠數串，隨所摩處，皆現舍利，此余所親睹，信奇跡也。

馬相老談謔生風

馬相伯先生創震旦學院於徐家滙，余與從兄君濟往肄業，年才十四，最少，先生甚愛之。旋余丁先母張夫人憂，觸發肝胃病，明年夏，又患咳瘧，久而不癒，遂輟學。及其後改為復旦，則余已在日本矣。先生長院，唯與諸教師任講課，其他校務，一切聽學生自治。因立議會，投票選張軼歐為議長，沈步浙副之，更選執法員若干人，余亦其一。會中嘗議決禁吸紙烟，軼歐晚步廣場，手紙烟，犯禁，余奪而投諸地，軼歐謝過，眾以為兩是，規紀若此，處他校所未有也。

先生性敏悟，謂治學無難事，初授拉丁文課，即選用《季宰六書札》，季宰六者，拉丁文學家第一人，先生謂其文可比司馬遷，故初學者多不憭。又嘗代人教算學，加減乘除，一小時而畢，曰：「原則既明，公式，汝曹可自習之。」或有問者，微慍曰：「汝獨不慧耶？」以是眾皆憚其來。然平時撫育諸生，親逾子弟，

叔接嫂之陋俗

夜坐時所談，至今猶能舉其二事。馬先生說：陋俗，兄死而弟有其室者，謂之「叔接嫂」，各地有之。此但為省事省費，不謂禮當爾也。獨山東某縣鄉里間行此以為常經，若兄弟數人，長死，則其妻必以歸仲，仲之妻歸叔，叔妻歸季。如是遞推至五六人皆然，若下無所歸，則並承之，以為必如此，則寡婦遺孤始有所養也。或老醜，弟不願易其妻者，父母親戚共非之，甚有召族人開祠堂講理者。復不聽，即訟諸官，官斷從其俗，則於律不可；若依律斷，眾且嘩然矣。故遇此等案，唯集兩造薄責之，令其自解，否則斥去不理，莫能移其俗也。又張軼歐說：無錫鄉民每歲有報娘恩節，屆其日，則群集歌唱為樂，所歌多勸人行孝者，意至善也。無賴子某，將於晚飯後赴會，家惟老母，命速爨，及時索食，母以衰羸故，未能猝辦。無賴子抉且罵曰：「賊娘！乃公報娘恩去，敢誤我事。」馬先生因曰，世固有習非為是與夫循名而不知實者，皆此類也。

程德全演獨木關

辛亥之役，以疆吏宣布獨立，與義軍相應者，首江蘇巡撫程德全。先一日，聞上海舉事，蘇州民心震撼，程夜召諸紳集議，及旦，匕鬯不驚，而已易幟矣。居幕中贊畫者，應德閎、羅良鑒二人之功為多。程既受都督印，旋出師，會攻南京，城甫下，汲汲引退，讓都督於莊蘊寬。袁世凱就總統職，復起用，忌之者眾。程內不自安，詭託風疾，見客必舌蹇，語音模糊，行必扶掖而後起。程故微跛，然不至是也。元年冬，與浙軍會哨，張宴烟雨樓，極盛。時余亦為幕客，與楊廷棟奉邀馳楓涇登舟，舟中談笑，程繞案輕步，無異常人。會泊舟，報謁者至，即使二人扶之出見。余微語良鑒曰，都督又演獨木關矣，良鑒亦笑。二次革命事起，黃興先謀之程，為宋教仁復仇。程已盡知宋案原委，不直袁，然亦不願發難，於是興自稱留守，程遂去南京，不復出，後以僧服終。

不辭妍色賦春光

余初從義寧陳師曾問六法，師曾畫筆雄渾，自鐫印文曰「五石齋」，五石謂「石田」、「石天」、「石濤」、「石溪」及「石谷」也。尤於「石濤」「石溪」兩家，用力甚至。余折而為錢叔美，師曾病其弱，每見，輒曰：「此閨秀畫也。」余因有詩云：「氣力應難到莽蒼，不辭妍色賦春光，憑君為誦薔薇句，淮海新詩是女郎。」蓋秦少遊「有情芍藥含春淚，無力薔薇臥晚枝」句，遺山摘取，指為女郎詩，故援以自文。吳縣丘玉符丈聞其學錢，亦貽書規之，略云：「叔美雖為名手，究屬小家，足下既覺筆弱，應臨仿麓臺，取其魄力大，可佐腕力，亦補不足之一法。」又自述其功力所至云：「愚亦患筆弱，故學玄宰與四王，後覺欠整飭，師石谷，則恐腕力不濟，而失諸刻畫，遂改仿麓臺。」又云：「戴乃專力石谷，而能化去石谷之刻畫，故學石谷不如學戴。」（下缺）老輩之誨人不倦，無所隱藏如此。

喜獲舊雨軒圖卷

余雅好古人名蹟，然貧不能得，其僅有者，亂中鈔略幾盡。唯所藏松壺小景四幀，似原從冊葉改裝者，家人先期攜出，故幸免。又長卷一，紙色黯敝，寇毀棄而踐踏之，今存半矣。歲己未，自蜀東還，偶獲舊雨軒圖卷，大喜過望。圖為湘山司馬所作，絹本，高尺許，長二尺許，畫屋一椽，一人讀書其中，左右有石，雜藝梧桐芭蕉松柳之屬，間以雜樹，石後疏籬短垣，籬以外彌望皆竹，左角坡盡處，低闌臨水，如此而已。畫末自題一詩云：「早起呼僮掃石苔，竹陰門徑午初開，闌深不礙庭花落，茶熟剛逢野客來。閒制新詞供嘯詠，偶尋往事獨徘徊，書床畫几都非昔，且自風前數舉杯。」詩後繫數語云：「湘山尊兄重來袁浦，感憶昔遊，作軒，顏曰舊雨，屬余為圖，並繫以詩。道光辛丑正月，錢杜力疾記。」題卷上者，姚元之、陳介祺，並詩。題卷尾者，龔自珍《鷓鴣天》詞，書畫中有龔題者不多見，因

長淮金鼓咽秋濤

圖卷後以別紙續題者亦甚多，據可考見者，湘山蓋卒於咸豐己未前，經洪楊之役，軒亦毀，此卷歸其弟漢卿，後漢卿復以官逋，並軒之遺址輸為常平倉。湘山有子名寶之，能承堂構，別築今雨樓，漢卿遂舉此圖歸之云。題繁不備錄，錄王章南北曲一套於下：「長淮金鼓咽秋濤，夢繁華，忽然醒了。山川猶戰伐，家室更漂搖，舊雨寥寥，剩幾個不得意的詞人向畫中老」（北新水令）。「甲第連雲臨官道，燕寢清香繞，有平津北海豪，築幾座文壇，添許多詩料，大雅擅風騷，集賢賓共唱個園林好」（南步步嬌）。「那一搭近青溪烟柳斜飄，又短松如蓋，奇節干霄。那一搭轉過疏籬，蒼苔老屋，翠柏陰交。那一搭接空青，亂喧叢篥，排淨綠，新種甘蕉。那一搭百尺桐高，彩鳳來巢，且莫怪叩門不應，讓先生拜石論交」（北折桂令）。「乘輿金壺酒，量才玉尺操，這丹青妙手數千人寶，這詩篇健筆把千軍掃。這風流韻事真千秋少，勝地記曾歡笑，再訂鷗盟，不是寫淒涼懷抱。」（南江兒水）「猛然間斷黃流難通北上艘，攪紅巾盡掘南中窖，陷白門誰停東下帆，哭蒼天但誦西來號。呀！早揚州烽火罷吹簫，當不得捲地塵沙裹戰袍，還有甚珠履兒三千到？更可憐漆燈兒一點燒，心也麼焦，誰過問葛帔揚秋風飽，途也麼遙，猶幸返楸原聽野哭高。」（北雁兒落）「自古道生存華屋處，又說道白骨滿蓬蒿，知心地下果相遭，卻不怕無同調，只可惜教未及修文的泣故交。」（南僥僥令）「料天際雲車風馬迴光照，嘆海市蜃樓消，將朱戶燼，已空空無處挂蠨蛸，那黑灰堆，又茫茫知是誰厨灶？似夢魂影泡，似露珠暮朝，只當作黃粱熟後證仙曹。」（北收江南）「弄縹緗縱橫亂拋，毀琴書拉雜摧燒，似命脆琉璃莫保，怪殘墨，爾偏牢，剩碩果，那曾凋。」（南園林好）「剪燈花，仔細瞧，剪燈花，仔細瞧，哭不盡山丘零落雁行飄，便羅雀門庭沒半寮，痛池塘夢草，勸阿連撫卷漫煎熬。欣仙眷團圓完好。強如我形影牢騷，待再整家園及早，待更廣交遊還妙，說甚麼毛凋齒搖，山迢水遙，冷雄心海濱歸棹。」（北沽美酒）「雪泥偶見飛鴻爪，遇知音狂歌總分曉，請正古白下王章未定稿。」（南清江引）王字雨嵐，以署款為結語，自云創格也。

洞房中爭辯宗教

玉符丈諱瑞麟，余祖姑子，所娶又余姑也。性勤樸任事，精測量。光緒間嘗從辦鐵路，備歷艱險，偶止逆旅中，猝發肝病，痛不可忍，呻吟達戶外。鄰室有客，自言能以符咒療疾，丈堅謝。夜半，客排闥入曰：「子苦如此，又無從得醫，而擾及他人，不能安睡，姑聽余治之，不效，亦無害也。」乃以清水一盂，咒畢使飲，痛竟止，比旦霍然，此蓋所謂祝由之術。《素問》云：「古之治病，可祝由而已。」巫醫同源，是其明證，今苗夷諸族猶若此也。《說文》有䄍字云：「祝福也」。古但作「由」，王冰注《素問》，謂「祝說病由」，余元起云：「祝由，南方神」，並失之。

丈少從顧若波學畫，似其蒼簡，而韻微不逮。嘗作山水扇面數頁，遠道賜寄，皆亂中失去，所存梅花扇面一，及已裝山水團扇面一，則其早年作也。退隱吳城，為邑人經營虎丘冷香閣，鳩工庀材，不假他手。環閣皆植梅花，當盛開時，與鄧尉香雪海競勝。丈歿後，金松岑、費仲深諸君子嘗於閣中舉消寒會，余亦在座，作長歌紀之，中有云：「當時種梅數百本，經營意匠煩丘遲，橫枝綠蕚各殊狀，破以猩點如勻脂，春回歲轉花更好，逋仙一去今難追」者是也。同集諸人，今又失半，後之遊者，恐並不知丈為何許人矣。

丈有子震，字公恪，少負不羈才，所結交者多豪俠知名之士。戊戌政變，名在黨籍中。亡命日本，入成城學陸軍，以嘔血歸，娶吳孟班氏。公恪好佛，而孟班奉耶穌教，婚之夕，劇談縱辯，兩不肯下，親友來賀者詫為奇事，蓋舊俗，新婦例不作聲也。未幾，公恪病卒，孟班亦以喉症夭，丈竟絕嗣，別為公恪立後，能守其家云。

富有票與貴為票

公恪之死，餘杭章先生輓以聯語云：「不梟首鸚鵡洲，何死公之等道？」「誓叉手修羅界，望夫君兮歸來。」蓋其時唐才常以「富有票」案被殺漢口，「富有票」者，式如錢莊流通票，但具「富有」二字。又別有「貴為票」，分發黨徒，於起事時為信。才常本康有為弟子，此二票實用有為名，兼隱「貴為天子富有四海」一語，以此知保皇黨非真保清室也。公恪與才常契，故章先生語云爾。上聯用禰衡事，案《後漢書．禰衡傳》：「衡熟視，曰：死公，云等道。」注：死公，罵言也。等道，猶今言何物語，更譯今語，則猶言死人說什麼話也。《魏書》載劉整罵曰：「死狗，何此言？」蓋亦相類。章先生易「云」為「之」，似有別解，非其本義。

與余同時究六法者，為從兄子星伯，筆勢蒼莽，師曾極賞譽之。初有習作，不稱意。師曾取去，為題識其上。今此畫復歸星伯，偶一展視，乃嘆師曾之獎進後輩為不可及。而星伯成就，亦能不負所期。錄原題如下，詩云：「初從石田入，還似石溪翁，拔俗心無餒，尋師日有功。須知成渾碎，終擬到沈雄，愛汝留殘稿，毋嗟爨下桐。」跋云：「內侄汪伏生從余學畫，先以石田本導之，頗能用筆。此幅渾碎處大似石溪上人，伏生方欲棄諸故紙簍中，余甚惜之。因攜歸，漫題四韻。乙卯殘臘鐙下，衡恪。」案此詩序並存集中，字句小異，蓋後所改定也。伏生，星伯小名。

生死肉骨有神醫

師曾初娶南通范肯堂先生女，繼室則余女兄春綺。范氏兄弟彥殊、彥矧，皆能文。有節概清末，亦遊學江戶。余由師曾介識之，飲酒談藝，頗極一時之樂。嘗同至大森觀梅，宿晨光閣，師曾賦詩云：「西子疏狂不相讓，枕藉孤窗倒醽醁，縱談可使百慮遣，冷眼何妨清夢熟。」余亦有詩，不能憶得矣。大森為看梅名址，猶孤山、鄧尉然。彼邦人士素善藝植，作盆景尤巧，其樹施以人力，殊形詭狀，丹砂粉綠，交綴其間，有若鸞翔鳳翥，眾仙俱集，誠偉觀也。別有向島、日光諸地，以櫻花著，師曾、季剛輩均嘗約遊，惜竟未能往。

二范在東京時，同賃居福田館三層樓上，一夕火起，旅館主人逃出，堅鑰其戶。蓋以館屋先保火險，依公司約，不得擅遷一物也。火穿樓板，同舍者始驚覺，大呼。二范倉卒起，奔梯畔，梯毀，遂自樓窗奮躍而下。彥殊先及地，昏厥不省，彥矧繼之，折右足。救火者至，始並舁入順天醫院。醫師蒞診，謂傷足易治，彼傷在內，恐旦夕間耳。既而彥殊竟無恙，彥矧臥一年餘。醫初為箝去碎骨，疊小錢補其空，銅毒發，腿肉盡消，腳趾作青黑色，余將返國，猶一往省之。旋得彥殊書，謂「吾弟自度終廢，願還守家中，已送之登舟，流涕訣別。」余亦私謂不復見矣。民國二年冬，先姊病歿宛平，彥矧忽來弔，拜如常人，自言「曩日歸道上海，住長發棧，有傭保見狀，乃稱新亦墜騎折足，為傷科所治癒，因薦之來，用手術出錢，敷藥創口，匝月而平，如不知有傷者。」嗚呼神已！余謂以銅接骨，本無此法，是在醫之盡心與否，非術有大殊也，質諸知醫者，當以為然。

十字眼與一帖藥

北平有箍桶劉者，以其業名，善為人療傷，不取酬也。人或假其名行術得錢，劉聞之，取刀自劃右眼，作十字狀，藥癒之曰：「果能同我狀者，術與吾埒，當聽其所為，否則吾以此為表記，人不能冒也。」於是眾又呼之為十字眼劉。武進劉南策，習工程，為清華大學造屋，梯高而墜，仆泥淖中，悶絕，群救之蘇。惟右腿自膝以下，斷若斬截，足趾向背，僅皮尚屬耳，送致協和醫院，醫謂必截去斷腿，不爾，七小時內當死。南策妻陶氏，余姨也，固不肯署諾。載還家中，聞劉名，使人禮召之。來視，曰：「此由骨節全脫，致成反戾狀。餘雖有小破損，無害也。」因徐扶腿使正，驟合其節，復相屬。以膏藥貼傷處，日來一易，旬日而癒。贈以金，終不肯受，乃如其方，合藥百數劑，以施貧者。

民國二十八九年，寇飛機日襲重慶，死傷無算。某君奔避空襲時，街中電線桿倒，壓一臂糜碎，醫師亦謂捨截去其臂，無他法。某曰：「寧死，不願使肢體不完也。」遂雇滑竿赴鄉間。呻吟欲絕，道遇一鄉人，問所苦，以告，曰：「能聽我治之乎？」某諾。因告以居處，鄉人擷草藥一種來，擣而敷之，時更易新者，計日而癒。某復入城，遍謁其知友，咸驚問其所由然，曰：「果如常乎？」某揮動其臂，曰：「何如？」眾因合謀就訪鄉人，請以巨金傳其藥，對曰：「山野間隨處有之，無所謂傳不傳也。」請問藥何名，用時分劑若干。曰：「吾但辨其狀，實不識名，且吾視傷輕重，隨手而取，適如其量，不能刻定也。」眾廢然返，此事聞劉禺生說。我國習傳偏方及藥物之有奇效者夥矣。惜能用者不知，可以知者，又鄙夷不屑，此醫道之所以日窳也。

綠窗人靜繡梅花

春綺工繡。既歸師曾，甚相得。余婚費氏時，師曾畫百合梅花，倩姊繡之，持以為賀，見者譽為雙絕。癸丑秋末，余迎姊同赴北京，侍先君楊儀賓胡同，即伯兄袞甫寓處也。師曾方任職教育部，亦來就甥館，退食之暇，談畫刻印，於時最樂。是年冬，姊發斑疹，西醫注以痲醉劑，遽卒。師曾悼之甚，始移居槐堂，蓋不忍見遺容掛在壁也。越年，有書致余云：「衡恪就婚漢陽時，易實甫有駱綺蘭三朵花賀語，駱綺蘭蓋盧瀞香之誤，盧為錢袖海之繼室。錢善畫，曾作三朵花圖，瀞香繡之，曾賓谷、王夢樓，皆有題詠。駱綺蘭雖亦工畫，然無三朵花之故實，用瀞香事乃切當，瀞香歸錢數載亦病歿，殆亦前讖。」姊寫梅，甚有逸致，瀞香亦工詩畫，為袁竹室弟子，事載《墨林今話》。

姊初不甚工辭翰，迨與師曾唱和，廢寢食為之，猛進不已。每有所作，輒郵寄示余。其詞較詩尤勝，如《清平樂‧詠梅》云：「碧天清曉，夢覺孤山道，雪艷生香春窈窕，惆悵鄉關信杳。落花近日紛紛，東風吹斷蘭情，慵向溪橋橫笛，小樓靜倚黃昏。」又《慶清朝》用梅溪韻同師曾作云：「遠翠澆塵，曲泉通石，柳絲斜繞溪亭，烟昏霧曉，倩誰繡筆經營，占得一枝瀟灑，淡霞照綺晚妝成。花陰外，啼鵑夢斷，不盡芳情。遙念背鐙對月，正綠窗人靜，珠箔光凝，三春過了，羅衾依舊寒生。珍重朱顏未老，天涯錦字寄丁寧，憑闌處，薰風似剪，吹遍江城。」皆可傳之作也。箋末師曾為刻印鈐其下云：「綺語」。

新聲試聽女詞人

古今女子以詩文名家者，代不數人，詞則自李易安、朱淑真後，能手輩出。南昌徐氏有《小檀欒室彙刻閨秀詞》，雖網羅未盡，亦云巨觀。蓋詞以綺麗綿密為尚，正女子性情所宜耳。從侄復熙，本不為詞，忽作《菩薩蠻‧詠盆景白梅》，中有句云：「昨夜月明時，春回人未知。」余驚嘆，以為妙造自然，得未曾有。又合肥張充和為人題畫魚，作《臨江仙》一首，結句云：「啖殘波底月，為解惜流光。」流光二字如此用，可謂巧極，然仍不傷纖，畫者欲請余更題，竟爾閣筆。後復熙避寇難，月夕死巢縣城外白衣庵中，充和近已適人。一為讖兆，一為心聲，皆於詞中見之矣。

余女弟子能詞者，海鹽沈祖棻第一，有《涉江詞》傳鈔遍海內，其《蝶戀花》、《臨江仙》諸闋，雜置《陽春集》中，幾不可辨。余嘗年餘不作詞，沈尹默

新淚眼與舊鈿釵

又有尉素秋者，蕭縣人，亦卒業中央大學。讀詞課時，初無表見。及余臥病歌樂山，素秋亦入蜀，頻來探問。出其詞，音節忼爽，與祖棻之淒麗婉曲者異，蓋各如其人也。勝利東還，獨於丁亥冬重遊巴蜀，執教四川教育學院，諸子親附，忽得其弟凶問，乃辭歸。諸生不忍別，餞之於嘉陵江畔，素秋當筵賦《水龍吟》一闋云：「夕陽遠水長天，倦遊人似離群雁，西風勁疾，千山木落，飄零何限，橘綠橙黃，一年佳景，者番重見。奈蕭蕭易水，衣冠滿座，荊卿去，豪情換。難忘翠陰庭院，趁清輝，夜涼開宴，春江一曲，蘭橈載酒，錦箋寫怨。渺渺予懷，飄然歸去，江南池館，剩夢魂夜夜。關河萬里，逐鵑聲斷。」盡洗綺羅香澤之氣，幾欲神似坡公。

素秋弟鳳徵，畢業中學，而倭寇難起，遂於鄉土自練義勇隊助戰。善奇襲，屢挫寇鋒，有功，則歸諸中央軍。事平，即散其眾，隱於微賤。其後江北復有事，本已解兵權矣，強起捍衛，被執不屈死。先是妻授以敝衣，勸之逃，不聽，故及於難。素秋為余詳言之。

盛靜霞，儀徵人。學詞後於沈尉，喜讀清初諸家作，余導之以兩宋，未遽改也。然其詞輕倩流利，極可玩諷。適蔣雲從，情好至篤，嘗作《小重山令》云：「細語流香沁齒牙，小庭風不斷，漾窗紗，銀河偷向枕函斜，良夜永，同夢到瑤華。郎臂印紅霞，曉來猜不透，遍尋拿，阿儂貪睡太無邪，雲鬟畔，落下鳳仙花。」雲從長考據之學而詞弗逮，與趙明誠、李易安同，即靜霞此詞，亦不減易安《采桑子》、《浣溪紗》諸闋也。又《鷓鴣天》云：「一遞紅箋意已諧，酒邊花氣最難排，羞眸怨黛分明說，夜雨殘鐙婉轉猜。新淚眼，舊鈿釵，十年閒恨漸沈埋，休言一去無消息，依舊頻頻夢裡來。」使人讀之，真有我亦欲愁之感，年來夫婦同教之江大學，西湖佳媚，堪著斯人。

幾番碧海換紅桑

前數年，余有所悵觸，偶作《浣溪沙》云：「誰道溫柔即是鄉，春歸人去兩茫茫，此時欲斷已無腸。桃樹身僵休誤李，蠶蛾絲盡只留桑，可能沈醉換悲涼。」寄示靜霞，得其報書，云：「短令沈著綿邈，何可企及。詞人多郁伊善感者，當緣此人間世本是苦多樂少。言為心聲，而詞境婉曲，不如詩之較放，故益見紆結耳。」附和章云：「一墮瑤華即恨鄉，無端萬感總茫茫，那從字裡見迴腸。見說詞人都一例，幾番碧海換紅桑，有情終古是淒涼。」觀其言，可以知其詞境。

湖北馮潤琴，初從潘重規學，有志於詞，因重規介，寄其所著《論詞》一編請益。其中頗有見到語，覆書獎之，遽請受業。其時余居北碚，潤琴居馬鞍山，旋遠道來訪，則余適往巴城，復追至城中，投《臨江仙》一首為贄。余感其誠，遂以所作詞稿，付之校閱。既而潤琴受西北大學聘，將赴固城。余和《臨江仙》韻送之，今原詞散置他帙中，驟檢不得，錄余和詞云：「相憶何如相見好，往來唯子有情真，小年志氣恰如神，語隨殘燭盡。心共暖爐溫。相見依然相別去，從今書札須勤，風寒渭水葉紛紛，倘過征戰地，應有未招魂。」去年，潤琴赴蘭州教學，亦與其夫共事云。上述數家，皆閨中之雋，異日有續《小檀欒室彙刻》者，必當搜採及之也。

聽笛題詞憶舊遊

二十四五年間，林鐵尊在南京，有詞社之約，起於二月，故稱「如社」，取《爾雅》「二月為如」也。同社仇逑盦、石弢素，皆金陵耆宿。盧冀野、唐圭璋、吳白匋，年齒較少。余與陳匪石、吳瞿安、喬大壯、蔡嵩雲諸子，則輩行也。每月一會，飲秦淮老萬全酒家。地與邀笛步近，故臨水一軒，榜曰：「停艇聽笛。」一會期恒在此軒，序坐以齒，無賓主之禮，出題則值社者主之，題亦但簡取數調，以示範圍，不限韻，不詠物，不必盡作，如思不屬，雖曳白可也，無南宋社集之苦，而有以文會友之樂。當時所作，分見諸家集中，就調賦意，各不相謀，他人讀之，不知為應社之作也。蘆溝變起，國府西遷，如社亦遂星散。十年中，林、吳、仇、石相繼即世，而大壯且自沉。余與匪石諸君雖尚幸在，然世亂無家，執手為難，思之太息。

喬大壯悲憤遺書

大壯，四川華陽人，為喬樹枬孫。性最謹飭，與客言，必正襟危坐。值道中，垂手唯諾，如見執友，論事不臧否人物。同坐有女子，面輒發頳，恒託故避去。然嗜飲，醉則反其所為，以是知平日由於自制耳。沈跡下僚，無所展布，居陪都日，喪偶，益縱酒自遣。長子隸空軍，壬午秋，與寇機戰，死職，年甫冠也。大壯聞訊悲甚，因知交勸，出遊散懷，乃訪余歌樂山中。余病脊骨勞損，偃臥不能起，大壯坐余榻前，正襟如故。示哭子詩，余依韻慰之，有「冠服未加遲士禮，干戈能執異童殤」句，蓋其時教育部方議復冠禮，未定稿也。一夕，又別去，自是相見遂稀。初服官經濟部，轉監察院、參謀本部，後專教中央大學。三十六年夏，意忽不懌，改就臺灣大學聘，依許壽裳，壽裳固其師也。未幾時，壽裳被賊，大壯繼為中國文學系主任，明年暑假歸，竟自湛蘇州梅村橋下。橋為出入平門所必經，每過其處，真欲呼橋公而酧之也。

大壯未湛水前，始就兒女居滬瀆。旋赴南京，遍詣其親故，酬酢歌吟，意氣自若。臨行，訪陳芷町告別，忽問「與女子相見禮如何？」芷町以為戲，而視大壯顏色甚莊，乃笑曰：「子姑行矣。」余時方休沐歸里，故不得見。既而余亦到上海，張秉三招飲。同坐有謝稚柳，最後至，倉皇語曰：「大壯自殺矣。」眾驚問，乃備言其遺書兒女，赴蘇州，志在必死。書中誥誡身後事甚詳，亦有憤世語，而辭特委婉。其女公子得書，不知所措，走告稚柳。稚柳為請警察局急電蘇州偵其蹤跡，兒女亦將馳往救阻云。眾嘆息罷飲，然猶私冀萬一事可挽回。翌日，余趁早車返京，車中讀報，則大壯死訊，赫然在目。抵京，京中友人亦有得其所為絕筆詩者，臨事從容若此，事先又縝密若此，何其志之勇決也！夫以才士困厄，而致自厭其生，國家社會，胥有其責矣。

許壽裳電筒致難

許壽裳，字季茀。紹興人，受經業於宋平子，晚又從章先生學。嘗教譯學館，故得為大壯師。與余初不相識，余養疴歌樂山，寓鑒齋，考選委員會官舍也。季茀任會秘書，數來視余，同門中獨與魯迅共鄉里，交最暱，每為余道其生平，異世俗所傳者。病榻無俚，又從假魯迅全書，盡讀之。季茀不留意筆札，然所敘述宋平子及章先生學術源流，語必有徵，他文亦類是，固勝於華辭無實者。寇難既平，臺灣復隸版籍，季茀遂辭官，遠遊教學。不意宵小入室，遽嬰凶鋒，大壯繼之，而又死於水。人遂謂臺灣大學中國文學系，不利主任。雖讕言，亦可怪也。

日本民族，慓悍輕死。當幕府執政時，匹夫皆帶刀劍，一言不中，即拔刃相鬥。有罪，往往切腹以謝，不煩刑曹。所謂「武士道精神」者，此亦其一端也。行誼高者，如赤穗四十七義士之屬，已非正軌，流弊所至，益凶狠殘賊，不可問矣。

故其俗，盜賊必懷刃。入人室，事主佯臥不覺，則無他患。力能制之，亦可。否則必被殺，無兩全也。臺灣被治久，亦漸其俗。聞季茀覺盜，披衣起坐，遽以電筒射之，盜視為奇辱，遂致此難。入國不問俗，其禍乃至是耶？赤穗義士事，黃公度有長歌紀之，並序，甚詳，載《人境廬詩集》中。

吳瞿安治南北曲，稍究聲律，自大學設詞曲課。瞿安遍歷兩京，所教甚眾。弟子有聲者，如任敏中、盧冀野、王玉章等皆是。然合聲歌作曲填譜為一手，仍瞿安一人而已。所藏元明以下傳奇雜劇，殆百餘種，極多海內孤行之本。嘗選刻《奢摩他室曲叢》，僅兩集，以亂中止。避地由湘入滇，歿於大姚。本病酒傷肺，瘖不能聲。乃是聞藏書散佚，悲憤，體遂不支，其實書猶完好也。平生著述陸續刊行者，詩詞外，有《顧曲麈譚》、《南北曲簡譜》、《風洞山傳奇》、《霜厓曲錄》、《霜厓三劇》等，《風洞山》為其少作，譜瞿式耜桂林殉難事。三劇中之《惆悵爨》又函香山、牧之、山谷、放翁四劇，自言歷十六年而後畢事。書成，屬余為序，遷延未就。又請題霜厓填詞圖，跟《高山流水》調，亦不能成。負死友矣。

作曲秦淮畫舫中

南北歌伶中能崑曲者，必就正瞿安，瞿安亦樂教之。弋陽腔與崑近，班中旦角，有韓世昌者，受瞿安指點，自附門下，譽騶起。歌「刺虎」一折，聽者滿座，幾與畹華埒。後至南京演劇，因瞿安故，邀余往聽，余亦為詩張之，然容態有餘，唱白終帶北聲，不能盡合矩度也。載譽既盛，議繼至蘇州。余私語瞿安止之，謂「吳人擅崑者多，往必敗。」世昌不聽，後果如余言。當瞿安在北平教世昌歌時，時人謂之「曲」學附「世」，關合語妙，聞者解頤。

南京「如社」外，又別有「潛社」，課南北曲，瞿安主之。預會者多南雍高材生，余長文學院時，曾應諸生請，一集秦淮畫舫中，舫名「多麗」，是題課為「商調山坡羊」。瞿安倡作云：「望江城，雲山低亞，買吳艭，琴尊瀟灑。問當年，詩人酒朋，算兩年中多少悲歡話？南海槎，歸裝枉自誇，便黃蕉丹荔，一飽也無多罷。剛別了，短簿祠前，又趲到，長干塔下，生涯，今生事已差，年涯，今年鬢已華。」余為之擊節，亦試作一首云：「泛清淮，蘭橈絲綷，騁東田，香車駿馬。一霎時，被東風吹殘夢華，絮滄桑，添的些漁樵話。憑弔賒，垂楊棲暮鴉，那裡有桃花扇底歌聲奼，閒放著風月無邊，孤負了江山如畫。人家，占朱門，試賣茶，更沒個侯家，傍青門，老種瓜。」瞿安喜，為製譜歌之，音節諧婉，唯「賒」字在曲為「車斜」韻，與麻韻別，此仍依詩詞所用耳。又結尾兩字句，例不加襯，余創為之，譜時亦竟無礙，今瞿安子南青，猶能歌此曲也。

寒鴉點點歸楊柳

曲中有短柱韻體，每兩字協韻，非韻處，即藏韻句中。瞿安效虞伯生作《折桂令》一首云：「横塘一望空涼，夢向蒓鄉，無恙漁莊，畫舫琴堂。文窗書幌，俯仰羲皇，話滄桑，龍岡門巷，臥滄江，元亮柴桑。絳帳笙簧，金榜文章，怎樣思量，一向都忘。」當時辟畺、季剛俱曾同作，不知尚存稿否。案此體不始於曲，宋人詞已有之，文與可《天香引·拜和靖祠》云：「正當時，處士山祠，漸已南枝，春事些兒，楓漬殷脂，蕉撕故紙，柳死荒絲。目寒澀，雄雌鷺鷥，翅參差，母子鸕鷀，再四嗟諮，撚此吟髭，彈指歌詩。」可引以為證。此中惟「澀」字乃以入叶去耳。虞曲見《輟耕錄》，文詞見《全宋詞》引《浙江通志》，誤刻「雄雌」為「雌雄」，遂失其韻。

《全宋詞》仿《全唐詩》例為之，唐圭璋一手所編，竭十年之力，始獲成書。

自敘謂「詞人逾千家，篇章逾兩萬，足抵《全唐詩》之半。」搜輯甚勤，採錄甚備，有功藝苑，非淺鮮也。惜排印甫成，而紙版旋毀，雖為新編之書，然求取之難，等於秘籍。因以圖書之厄於兵火者，不知凡幾，古今如一轍也。圭璋亦瞿安弟子，專力詞學，所著尚有《宋詞三百首箋》及《雲謠集》校本。

畫家結社者尤眾，丙辰秋，余在北京，邀湯定之、吳待秋、金拱北、陳師曾及陶寶如、心如丈兄弟，同集寓所，預置箋紙扇面等，宴飲既闌，揮灑狼藉。定之言：「此會當有名」，遂命之為「西山畫社」。越數月，余赴浙江，社集竟未再舉，是日所作，悉歸主人，尤得飫觀諸家點染之法，誠快事也。憶寶如丈畫扇面，先以青、赭、汁綠隨意圖之。滿紙皆濕，俟稍乾，乃於下方作楊柳數株，隨風偃仰。上作鴉陣，不能知其翼數，但見遠者近者，飛者集者，陣而迴旋者，脫伍而鳴者，或順風而下，或逆風而衝舉者，烟雲杳靄，帶以晚霞，皆自然相襯，不再設色。畫畢，題曰「風緊寒鴉陣陣圓。」藏置篋中二十餘年，亂後乃並失之，他作亦唯定之水墨山水一幅倖存，上猶記「西山畫社第一集」也。流寓重慶日，為人作畫，偶仿此意，借竹山詞題之曰：「萬疊家山知何處，但寒鴉到著黃昏後，點點，歸楊柳。」則又自寓悲懷，無關畫旨矣。

正社畸社兩畫會

拱北有妹字陶陶，工寫生，尤擅金魚。嘗以百花圖冊倩拱北屬題，即繪金魚團扇面為報。用朱砂及淡墨寫魚，細鈎金鱗，意態生動，水面垂紫藤一枝，設色尤妍麗。拱北為言：「吾妹不輕作也。」後聞與其兄共教生徒，集畫會曰「湖社」。金氏籍吳興，歸湖州屬，故以地為名，惜俱不永年，後嗣雖賢，惜由繼也。

南中有「正社」，最著名，歷時亦最久，湖帆、大千及並時諸子，俱在其中，所網羅者廣矣。然素無常會，同社亦不盡相識，余隸名社中，而過從較密者僅數人。蓋唯開會展覽時，始獲觀摩之益，由人多則散處各地，勢不得常聚也。比年在江寧，復有「畸社」，大率月再集，以畫為名，旨在聚友朋，縱談辨，遣鬱悶，陶性情而已。每會，或攜書畫，或歌皮黃，飲必極歡，醉或相怒。雖所業不同，而交契無間，於此一剎那頃，信足以泯人我之分，忘斯世之憂。以其行類畸士，故名為「畸」，非與正社對也。社友浙江得七人，張冷僧、洪陸東、陳之佛、張書旂、徐鏡齋、鄭曼青、金南萱女士；江西三人，彭醇士、陳芷町、傅抱石；廣東三人，商藻亭、黃君璧、王商一；福建一人，劉仲纘；四川一人，馮若飛；山東一人，關友聲；江蘇三人，陶心如、吳景洲及余也。至戊子秋，漸有散之四方者，而醵飲之費，逐日俱增，亦非貧士所能舉，遂復中輟。惟正社無聚，即亦無散，其名可以長存，以是服始謀之善。

畸社諸人，時有合作，大抵花卉為多，山水則非筆墨較近者不能強合。余偶寫半幅，君璧為補成之，幾不可辨，因戲題其上云：「溪山隨處足清遊，載筆還欣得勝儔，異日有人徵畫派，嶺南江左亦同流。」蓋能者捨己從人，又何不可。

紅薇老人百花圖

鏡齋，黃巖人，善治印，頃以目眚，不多為人作。自製印泥，餘亦售諸人，品凡數等，上者，價值不貲。榜所居曰「紫泥山館」，請同志諸子為圖。又自畫長卷，劖削勁峭，殊類北宗，謂余，擬俟裝成後屬題，余笑曰：「紫泥本吾家物，君篡取之耳。」鏡齋問故，因舉汪鎬京「紅術軒紫泥法」告之，法重在「染砂」、「染艾」、「曬油」，並言「既得三法，便成十珍，一明，二爽，三潤，四潔，五易乾，六不落，七不滲，八不黏，九不霾，十不凍」。鏡齋製法未詳，然必有與之暗合者，泥質必用艾絨為佳。或言藕絲可代，余初信之，以問鏡齋，鏡齋云：「藕絲濕則黏，乾則脆，不適用也。然若別有秘方，則亦未曉，他日當訪諸西泠印社」。

曼青學於武進錢名山先生，性倜儻，醫方、拳術、詩、畫、奕事，靡弗通曉，所至懸壺自給。初受畫法於從母張紅薇，復轉縱逸，以青藤、白陽為宗。嘗寫蘭一冊授余，鈐印記云：「玉井山人法」。玉井山人者，其自號也。紅薇畫「工」「寫」兼施，亦有百花圖卷，蓋從宦廣東時作，故其中多炎方風俗。師曾遺詩《題章味三妻畫嶺南百花卷子》：「閨中小試天機手，組織南方草木香。比翼壯遊伴妝鏡，鷗波無此好風光。」即指此圖。後在重慶展覽。卷長丈餘，設色麗而雅，分枝布葉，配合天然，信為一時傑作。曼青屬余補題《鬥百花》詞一闋，詞成而紅薇先東歸，故未及書卷，詞存集中，復記其緣起於此，毋使後之考畫者存疑也。《鬥百花》云：「活色生香堪愛，連幅溪藤薰透。金荷淺注醇醪，木筆爭開錦繡。千載高情，全得趙俶菁華，更比清于（惲冰字）馳驟，閨閣誰能偶。取次韶光，百種霞蒸雲湊，梅蕊占春，還攜菊芳蘭秀，點綴丹青，群花共作新妝，來與紅薇為壽。」紅薇今六十餘，自稱老人矣。

髯子的笑話

若飛畫設色明菁，多小幅。性滑稽善談，宴席中必舉若干則，以為笑林資料。盧冀野亦然，俗稱諧詼涉鄙褻者為「葷笑話」，兩君不避也。又好以多髯者為謔。元老中于右任美髯，人稱髯公，一日謂同坐曰：「我亦有笑話一則，劉阿斗，關興，張苞聚談，各贊其父才能功烈。阿斗先言，我父劍術之妙，無與比倫，故能勝群雄、定王業，他人豈能及耶。次苞言，我父據灞橋，挺矛一喝，曹軍望風而奔，功至偉矣。次及興，乃言我父他不必論，即一部長髯，天下疇不知者。劉張聞言大嘩，爭嗤笑之，興恚與辯。適雲長過其側，問故，興泣述所以，雲長怒曰：『不肖兒，不講老子別事，乃專講老子髯子。』」眾大笑。冀野後每轉述之，曰：「此足為髯子張目。」

史傳諧隱之類，每關諷諫，然以此知古人造次應對，亦必多有，特不盡見紀述耳。《蜀志》載，張裕先主謔語，裕饒鬚，先主嘲之曰：「昔吾居涿縣，特多毛姓，東西南北皆諸毛也。涿令稱曰，諸毛繞涿居乎？」裕即答曰：「昔有作上黨潞長，遷涿令，去官還家，時人與書，欲署潞，則失涿，欲署涿，則失潞，乃署曰，『潞涿君』。」先主無鬍，故裕以此及之。案涿，奇字作豚，後亦作豕，蓋前後竅通名。此則兼謔有鬚無鬚，且為「葷笑話」之鼻祖。

畫家目中之鬼趣

清畫家羅兩峰能見鬼物，嘗作鬼趣圖，窮極詼詭。湯定之中年大病，病後雙目有異，亦能見鬼。民國十六年，余遇諸陳陶遺坐上，因問鬼狀，定之言：「鬼亦與人何異，但好聚暗陬耳。」又言：「北京多廢宅僻巷。鬼所窟處，上海較少，以人稠而電燈光強也。鬼有形無質，極畏汽車，車來，驟不及避，則被衝散，必需時甚久，始能宛轉復聚其形，故常先避之。」余夙持無鬼論，然信定之必不妄言，故於其卒也，作《鷓鴣天》詞輓之云：「劫後相看淚眼枯，重思訪舊一驚呼，不知冥路覘人世，還似羅家鬼趣無？情久熟，見偏疏，西山結社尚留圖，素綃開處風烟起，一代丹青有楷模。」余自蜀中還，聞定之患食管癌，甚劇，嘗省諸醫院中，不能言，猶以筆談，珍重約後會，然竟不及再見。計余與定之交三十餘年，不為不久，而晤言之稀，亦唯定之為最，數也夫！

胡步曾治生物學有名，詩宗西江，古近體皆遒勁有法。曩以觀察日食至爪哇，爪哇苦熱，當晝無出行者，市肆休業，至晡乃復，居民亦於是時閉戶寢息，蓋常例也。步曾假寓一富人家，與同伴某君共處一室。偶午睡醒，忽睹一少年在室中，髮澤，微鬚，西服甚整潔，著革履，行步無聲，疑其為盜，而又不類也。叱之，遽隱。步曾亟呼某君，告以有所見。某君曰：「是年若二十許人，髮膏澤而微鬚者邪？西服襲外衣，上綴銅鈕兩排，閃爍有光者邪？吾見之數矣。」省戶闥，嚴扃如故，召閽者詰之，未嘗有人叩關也。悟為鬼物，以其不為害，亦遂聽之。歸為汪辟疆、王曉湘及余述其事。步曾嚴謹不妄言，與定之同。然則天地之大，理有幽微，科學所不能解答者眾，未可悍然以迷信二字一概抹殺之也。

希臘古哲的寓言

中國象形字，必有形可象者，乃得為之。所謂「畫成其物，隨體詰屈」也。案《說文》：「由，鬼頭也。象形，讀敷勿切。鬼，人所歸為鬼，由象鬼頭。」又「禺，母猴屬，頭似鬼，從由。」由此言之，禺為生物，而其頭似鬼，鬼頭之形，儼然可象，則亦必為生物，且為人所常見者明矣。造字之初，意本緣此。人所歸為鬼，特其後起義耳。魑魅魍魎，鑄形禹鼎，則亦生物也。今所不見，故皆以為陰氣賊害之屬，至於佛家說鬼，如餓鬼等，乃別是一界，下與畜生為儔，上與天人、阿修羅等相對，非指人死為鬼也。其人死之後，未入輪迴，暫所依止者，名為「中有」，亦名「中陰」，則此土所謂「鬼魂」耳。然「中有」之期，不過四十九日，逾此則仍依宿業輕重，升沉六道，殆無常住之理。仲尼云：「未知生，焉知死？」凡人既未了徹此理，則緘口不言，自為中道，余亦姑就所聞記之而已。

人死受冥府審判，東方西方，皆有此說。唯東方以閻摩王為冥府主宰，而埃及死亡書中，則稱「阿雪笠斯」，云地獄之主也。所說審判情事，亦復相類，大抵俱衡定善惡，判入輪迴。希臘哲人柏拉圖氏著《共和國》一書，其第十章敘述戰士名愛爾者，既死復生，述冥中所見投生情狀，尤奇特。近人趙洪鑄引柏拉圖書此節，略云：「亡魂分別拈鬮，選擇再生之體，大都以生前之經歷為依據。沃茀斯生前為婦人所暗害，忿恨女性，不願由婦人產生，寧擇鴻雁為再生之體。撒密拉斯則願託生夜鶯。其拈得第二十鬮者，擇雄獅為體，蓋阿茄克斯之魂也。其次為哀克孟納，生前受苦多端，亦嫉恨人類，遂擇鷙體而去。阿塔蘭達為體育家盛譽所惑，自願重生為體育家。哀辟司擇一有巧藝之婦人為體。滑稽家算雪脫斯則擇猴體以自足。末至沃笛塞斯，憶及生前辛勞，頓生厭倦，尋覓久之，始得一無憂無慮之閒人為體。不獨人變為畜，畜變為人，即畜之馴者悍者，亦互相變易。種種合體，各如所喜。」柏氏所舉諸亡魂姓氏，皆實有其人。惟擇體重生，各適其願，自屬寓言，然亦必有輪迴之說以為根據則明甚。至於冥府地獄，種種變相，依佛所示，胥由業識幻現，了非真實。然境既現前，幻即是真，亦如山河大地，根塵接觸，一切非真，凡夫執著，又孰能辨其為幻耶！善業現善，惡業現惡，循因得果，決非偶

山似英雄水美人

于右任、邵力子兩先生，皆肄業震旦。力子初字仲輝，後為右任編《民立報》，始署此名。在震旦時，同學多私相題號，仲輝短小面麻，故目之曰「麻團」，又曰「一團和氣」。今茲以反戰最力，遂有「和平老人」之稱。性廉正不阿，自奉甚儉。自重慶歸後，與其夫人傅學文在南京創設小學，合二人名名之曰「力學」，游心教育，若將終焉。然國家多故，不得不復以重任相委。與右任交至契。右任晚署「太平老人」，去年國會召集時，遍應議員請作書，唯寫為「萬世開太平」一語，以見所志。余謂和平實現，乃能漸致太平，祥和之徵，國人將於二公覘之矣。

護法之役，右任主陝西軍事，討陳樹藩不利，隻身走川中，至重慶北碚，浴於溫泉。北碚處荒僻，為逋逃藪。時有盜方合徒眾集議於此，司候望者，見右任狀貌魁梧，鬚髮如猬，驚怖，走告其魁，謂有西域神父來。眾驚起竄散，莫敢詰其為誰也。性好文藝，凡於辭賦書畫雕刻攝影，有一藝之長者，無不延接。自為詩歌詞曲，意氣豪邁，人視之若不經意，而研練之功，動費旬日。嘗遊西北，登鳴沙，得句云：「山似英雄水美人」，寫示尹默及余。余因題其《敦煌紀遊詩稿》云：「百戰關河老此才，行邊猶使壯心回，筆端自有風雲氣，不為鳴沙立馬來。」「山似英雄水美人，千秋無此語清新，美人蕭瑟英雄暮，感慨登臨一寫真。」又三十五年，巡視回疆，飛機過天山，得詞若干首，歸以屬余校勘聲律，曰：「有誤，徑改之。」余謝曰：「正恐妨公本色。」

張溥泉稱三將軍

持躬廉飭與力子相類者，滄縣張溥泉。他人乘公家車，汽油狼藉，溥泉必節其所餘，以還管庫。少承父祖教，服膺陽明「知行合一」之說。又北方文學者多重躬行，故亦以此自敕。既隸名同盟會，蹈履險難，一無所避。《民報》初刊，獨署真姓名為發行人，每至報社中，眾咸呼之為「三將軍」，蓋以張飛況之。而溥泉與太炎先生及章行嚴、鄒慰丹結為異姓兄弟，又適居第三也。余年最少，則咸稱「小將軍」。溥泉旋適南洋，余亦歸國，至南都府定，始復時時相見。伉爽之氣，不減昔時，好面折人過，然亦能受盡言。季剛善罵，其歿也，溥泉蒞追悼會，登臺致詞曰：「此後不復聞朋友直言矣。」及在重慶，受命為國史館籌備委員會主任，邀余為總幹事。余以監察委員例不得兼職，推朱逖先。逖先長於史學，其始有呈請政府修史建議，文亦出逖先手，於是遂定，但植之副之。逖先去，植之繼任，余始終備顧問而已。還都後，罷籌備委員會，立國史館，溥泉遂為館長，仍以植之副。創建之初，事事就余諮詢，余惟言「史貴直筆，不可存絲毫黨派之見，由人亦當以才為主，餘事不敢代謀也。」溥泉首肯，未逾年而卒於位，平生事跡，頗詳自撰《回憶錄》中，惜未完稿。未卒之前，應友人請，寫唐賢張繼「月落烏啼霜滿天」詩一首，蓋擬刻碑寒山寺者，竟成絕筆，可異也。

巴山有樹名「欒」，結實樹顛，累累成簇，色初淺黃，漸變至深赤，斑駁可愛，余嘗與溥泉停車玩之，溥泉謂「俗名此為搖錢樹」，使余賦詩，因作二絕句云：「巴東地暖少楓葉，渲染秋光正賴渠，停車最愛斜陽裡，千點丹黃錦不如。」「窮閻誰具解懸心？阿堵居然密作林，莫把貪痴嗔世俗，祇園布地總黃金。」意有所諷也。《說文》：「欒木似欄」（般注：「欄者，今之楝字。」周官象人，「丈夫樹欒」），蓋與此無涉。又世俗隨處皆有搖錢樹語，則屬譬況之辭，不知真有此樹也。

弘一師的講演錄

前記弘一師事，承李君行孝來書，有所糾正。一為遭家難後數年始出家，其原因在研讀佛書，起心信奉。一為受戒在杭州虎跑寺，不在金山。並先後寄示《晚晴老人講演錄》及《弘一大師永懷錄》二書，俾得詳悉師皈依後之言行，彌可感也！隨筆記事，求信亦復不易，推原其故，約有三端。一曰，傳聞異詞。二曰，記憶有誤。三曰，緣事增飾，致類誣言，其有意存恩怨，淆亂是非者，固不論也。私乘如此，作史尤難，故章懷太子注《范書》，補其闕失，裴松之注《三國志》，多箋異聞。後世作者，訓詁易尋，注家當以此為法。愚所撰集，大抵佚事謏聞，無關宏旨，然第三端必不敢犯。至於傳聞記憶之誤，自恐難免，世有同好如李君者，理董之責，是所望也。

因憶他人載筆涉及余家者，每有舛誤，附正二事於此。（甲）劉禺生《洪憲紀事詩》注：「蘇州汪荃台先生，駐日本公使鳳藻，翰林鳳梁三弟。」謹案先叔諱梁，居第四，先君為兄，此誤倒。（乙）吳商《淪陷日記》述：「汪袞甫昔年任法律館總纂，董綬經任提調。今頒行之刑法，即二人改定。在資政院時，汪為議員，董為政府員，議長以藍白二票投匭，贊成者藍票，袞甫乃藍票勇將也。當時袞甫齒已五旬，董六旬。」謹案清末改訂法律事，愚不能詳，然先兄於民國三年出使比利時，年僅三十七，卒於二十二年，亦僅五十六耳。計改律時當三十三四歲，無由為五旬也。又余家自高曾以來，不營產業，迄今無半畝之田，無可餘之屋，而陳伯達評先君〈致籌安會論改帝制七不可書〉，謂為代表大地主意見，未知何據？

儒耶佛耶都玄妙

晚晴老人，亦弘一法師自號。觀其所演講者，皆樸實說理，不尚華辭，不崇玄論，而其實顛撲不破，利鈍堅攝，所謂一一悉檀，仍歸第一義悉檀也。以師之苦行精修，勇於自改，故講「改過實驗」，此講多稱引儒書。其言曰：「談玄說妙，修證次第，自以佛書最為詳盡。而我等初學之人，持躬敦品，處事接物等法，雖佛書中亦有說者。但儒書所說，尤為明白詳盡，適於初學。」後說改過遷善之事，判為十條。一：虛心。二：慎獨。三：寬厚。四：吃虧。五：寡言。六：不說人過。七：不文己過。八：不覆己過。九：聞謗不辯。十：不瞋。以虛心為第一者，貢高我慢，人情之所易染，而又最難革除者也。然不除「我慢」，即終身無入道處。師又講：「最後之□□。（原闕二字）其中有言，我常自己來想，我是禽獸嗎？好像不是，因為我還是一個人身。我的天良喪盡了嗎？好像還沒有，因為我尚有一線天良，常常想念自己的過失。我從小孩子起一直到現在，都埋頭造惡嗎？好像也不是，因為我做小孩子的時候，常行袁了凡的功過格，三十歲以後，很注意修養，初出家時，也不是沒有道心。但出家以後二十年之中，一天比一天墮落。身體雖然不是禽獸，而心則與禽獸差不多。天良雖然沒有完全喪盡，但是昏瞶胡塗，一天比一天利害，抑或與天良喪盡也差不多了。講到埋頭造惡的一句話，我從出家以後，惡念一天比一天增加，善念一天比一天退失，一直到現在，可以說是醇乎其醇的一個埋頭造惡的人，這也無須客氣，無須謙遜了。」師持律精嚴，何至有此，所以作此痛自刻責語者，正由對治他人我慢之見，欲躬為表率耳。世間一切眾生，埋頭造惡，只顧宣揚己善，自欺欺人。讀此，能無通身汗下？

印光座前虎受戒

弘一最服膺印光法師，印光雖習淨土，而戒律至嚴。弘一以律為歸，而亦勸人一心念佛，兩家實二而一者也。印光居定海普陀最久，次即蘇州報國寺。余羈泊在外，瞻對無緣，唯讀其《嘉言錄》，發心贊誦而已。聞友人述一二事，師居吳時，四方來參拜皈依者甚眾。一日有軍官及巨賈，亦雜眾中。師斥不受禮，二人苦求。師指院外清池，曰：「姑往自鑒。」二人俯視池影良久，面頰發赬，默然遁去。後有人問軍官所見為何，但搖首言「殺業太重」。巨賈則終不肯自白也。又張善孖、大千兄弟寓葑門網師園，善孖畜一乳虎，甚馴，不加鎖押，與貓犬無異。虎漸壯大，見客至，作聲嗚嗚，客有驚怖反走者。善孖欲加羈縶，又懼拂其性，益不可制。客或勸其將虎赴印光前受戒，善孖從之。印光誦佛號，手摩虎頂，虎帖服，自後遂病痿蹶，猛氣盡消。嗣余遇大千蜀中，問虎在否。云：「亂前先死。所豢二鶴，則倭兵殺之以充庖厨矣。」余嘆惋，作詩，其一云：「水木清華數網師，劫灰風起沒春池，焚琴煮鶴君休恨，兵化元同羽化時。」其二云：「威棱空想在山初，電睒雙睛失意枯，佛力能馴諸惡猛，魔高一丈卻何如。」佛力句，即指虎受戒事。詩不存集中，附錄於此。

名園深處貯名葩

網師園起於宋時。七百年來，園主屢易。清乾隆中，嘉定錢竹汀有記，刻石置廊壁，今猶完好，晚歸四川李梅生。李亦能畫，園中有畫几一，乃用黃楊木整段刳製者，極可珍貴，余曾見之。民國初，園為張錫鑾購去，然終其身未嘗一至。錫鑾死，其子思黃，以廉價與人，聞葉譽虎得之，以居大千兄弟云。

寄庵植紅綠梅數株，頃盛開，余遊宦時多，在家看花，尚為第一次也。平生觀梅勝處，孤山最清，鄧尉最盛，冷香閣兼有之，然清不若孤山，盛不及鄧尉也。重慶則南岸之清水溪，江北之楊園，皆所常至。楊園主人為楊五，隱跡於商，而敦厲品節，事父尤孝。余舉問蜀中名勝，皆未嘗往，怪之，則對曰：親老，不敢遠遊耳。本有巨宅在市中，厭其塵囂，乃別營數畝於嘉陵江北，奉親居之。園地甚廣，而樹柵編籬，屋無華飾。花木多佳種，茶花有千葉者，矮木成行，花開如碗，奇麗為他處所未見。梅則多由盆景移植，盤屈作福壽字狀，殊失雅意。唯園東北隅隙地，有綠萼一株，獨立荒榛中，花亦千葉，重跗疊瓣，秀艷絕倫。主人導余往觀，余嘆其如隱逸之士，不與世接，又擬之為絕代佳人，幽居空谷，作二十八字贊之云：「冷艷幽芬未足誇，名園深處貯名葩，書生薄福消除盡，親見仙人萼綠華。」後寫梅，往往作荊棘伴之，他人不知其意也。少五能鼓琴，藏琴譜至夥，居親喪，絕不操縵。余友葉元龍主其家，因以獲交。其父歿，為作墓志銘，尹默書之，銘不藏壙中，而護以亭。余文稿散佚，求拓本，亦未得也。

清遊香雪海

重慶為揚子嘉陵二水所經，土人稱揚子江曰大江，大江以南，統稱南岸。清水溪為南岸地，區域廣博，地多荒山。自政府西遷，居人稠密，移南岸者亦眾。豪富之家，多置別墅，有汪姓者，業醫，買山一區，即名之為汪山，康心如、心之兄弟皆築屋於此。心之所居曰：「志成山莊」，嗣又別營旁舍，而以山莊待客。于院長歲往看花，必寓心如所，賓從則分居焉。心遠先有屋在放牛坪，距山莊里許，山居之人，無不植梅者，不獨三家有之。巴蜀地暖，花開早江浙月餘，此時和春，度已藟落過半矣。夢憶舊遊，為之神往。

鄧尉之遊，以民國十八年為最樂，其時余主中國大學中國文學系，同系諸子，如王伯沆、吳瞿安、黃季剛、胡小石、汪辟畺、王曉湘，皆以文學名，詩酒之會，月必數聚。季剛尤好遊，金陵勝跡，搜尋殆遍。是年春假，倡議至鄧尉探梅，余與瞿安為東道主，吳九珠、張頌濤預焉。買小舟，用汽油船纜之以行，舟中貯酒數斛，酣飲聯詠。既至，屏山轎弗御。陟磴支筇，各自為偶。鄧尉梅極盛時，有「香雪海」之名。藝梅者意重收子，為農家副業，其後寢薄，多改種桑，此行所見已然，梅亦半謝，余笑謂「真滄海桑田」也。過司徒廟，摩挲「清」「奇」「古」「怪」四柏，柏之形狀，雅與名稱，傳為清高宗南巡時所錫。近見鄭穎孫與人論盆景書，道及黃山之松，亦有「清」「奇」「古」「怪」四品，穎孫皖人，必親見之，乃知此種題號，亦自相因襲耳。鄧尉最勝處，為從石壁眺太湖諸峰，湖波萬頃，漱蕩几席，烟雲杳靄，時見遠帆，同遊者皆徘徊不忍去。暮登朝元閣，望漁洋山，王阮亭所取以自號者，惜茫昧中不能寫其形色。是夕宿山中。明日，歸舍閶門逆旅。紀遊之什，季剛、辟畺為多。忽忽二十年，生死各半，既傷逝者，行自念也。九珠為瞿安伯父，頌清號艮廬，並擅倚聲，豪於飲，回舟之際，尊罍皆竭。

明孝陵之梅

中山陵園梅，頗多異種，蓋致之各方者。中有一種，花作薑黃色，甚美觀。余雖久居南京，以無車故，不常往，往亦非必花時也。明孝陵差冷落，喜幽靜者至此而止。宮牆以內，櫻花極盛，望之如雲蒸霞蔚，昔每與季剛攜酒同來，賞梅之舉，則未暇也。經歷寇禍，花木幸猶無恙。右任自蜀中還，寫示《浪淘沙》詞一闋，題為〈孝陵前看梅，至藝圃小坐〉。詞云「斧赦孝陵柴，亂後梅開，天風遠，送香來。綠萼而今存幾樹？有我親栽。藝圃變蒿萊，行者增哀，國香終不受塵埃，嘉卉成畦還播種，新立名牌。」得此，勝於親往矣。

畫梅可自成專家，與花卉家異。錢遵王《讀書敏求記》，引潛溪先生云：「古人鮮有畫梅者，五代滕勝華始寫《梅花白鵝圖》，宋趙士雷繼之，作《梅汀落雁圖》。厥後丘慶餘、徐熙輩，皆傅五彩。仲仁師起於衡之花光山，怒而掃去之，以濃墨點滴成墨花，加以枝柯，儼如疏影橫斜，於明月之下。逃禪老人揚補之，又以水墨塗絹出白葩，尤覺精神雅逸。」然則傅采之梅，為花卉家常品，花光、逃禪，別創新意，以水墨寫之，而畫梅乃獨樹一幟矣。花光真蹟，今不可見。清故宮藏逃禪立幅，老幹繁枝，氣息靜雅，實非王元章輩所及。吳縣七襄公所有石刻八方，皆折枝，用筆極簡，每幅題《卜算子》詞，證以陸放翁詩：「補之作梅花，至少畫半樹。」則簡者乃其變格也。丁亥在南京，有薛生仰蒿者，因人紹介，持戴醇士梅花卷乞題，戴自題臨揚補之作，原卷藏吳門顧氏，蓋即怡園主人鶴逸之先世也。卷中寫梅四株，分將開、已開、盛開、將謝四種。各題《柳梢青》一闋附後，醇士此卷，甚得疏逸之致，惜元本未見。聞寇將松井石根據蘇州時，搜劫顧家所藏，囊括以去，不知此本猶在人間否？七襄公所故明文徵仲宅，後為絲織業集會之所，故名。

吳仲圭墨竹長卷

梅於群卉中，格調高潔，詩人逸士，喜以自況，然定為國花則非宜。蓋隱逸之流，足以善獨，不足以合眾，易言之，即足以表民德之偏至者，而不足以概其全也。不如標牡丹為國花，約有數善：為他邦所罕見，一也；洛陽居南北之中，其花最盛，而我國文化，由此發源，二也；雍容華貴，象徵文明，三也；花擅國色之譽，根有療疾之功，譬處高位，不忘兼濟，四也；性不拒穢，以成其艷，猶滄海之納細流，君子之容眾論，五也。花具五色，符五族之數，持此衡校，似勝於梅，若可更張，請從商略。

薛仰嵩設金城紙號於白下新街口，年事甚少，雖闤闠間人，而恂恂文雅。自言其父喜收藏名蹟，梅花卷外，又示吳仲圭墨竹長卷，分段寫竹，各為題識，卷尾署「梅道人戲也」。盈丈之縑，凡叢篆疏篁，折枝孤幹，無所不備。中間一段，但作枯樹虬屈，聚點為苔而已。筆墨酣恣，精彩四溢。卷首以狂草書李息齋竹譜，亦署「梅道人戲墨」。友人中陳芷町專工畫竹，亟招與共賞之，嘆為稀有。清宮藏仲圭二冊，視此弗逮也。余題《隔簾聽》一闋歸之，云：「偶值道人遊戲，筆勢酣余怒，千竿拔地龍蛇舞，更樹老苔攢，匠心幾許？靜有悟，費經營，自成新譜。親縑楮，如聞提語，盡得湖州趣，蕭郎縱好應難數，認一枝一葉，謂川移取。展看處，瀟瀟半庭風雨。」仲圭竹以與可為宗，纂「文湖州竹派」。息齋名衎，字仲賓，為其前輩。仲圭稱息齋道人，善畫竹石枯槎，始學王澹遊，後學文湖州，著色者師李頗，馳譽當世，觀其以李譜冠首，則亦平生所心服者。息齋竹曾於南潯張葱玉處見之，亦長卷，氣斂神靜，而偃仰之勢，自然有風。葱玉謂其勝於仲圭，蓋尤饒士氣也。芷町處見管仲姬竹，乃為其女兒作者，並書子昂竹賦，字畫皆秀勁，其姊亦有長跋，書法之妙，不讓仲姬，尤世所難見者。惜當時未鈔，粗記大概耳。

吳門二仲並稱賢

吳江賢豪之士，居吳而與余為親故者，二人，一張仲仁，一費仲深。仲深名樹蔚，號韋齋，先室之兄也。蚤歲有文名，清末，與張仲仁並佐直隸總督袁世凱幕，結為兄弟。辛亥前一年，丁先外姑陸太夫人憂，遂不復仕，鼎革之際，參雲陽程公密謀，而不居其名。民國三年，余在北京，遭先室之喪，仲深來弔，袁氏強官以肅政史。袁長子克定，娶吳愙齋女，與仲深為襟亞，以親誼故，不得已受之。才數月，籌安會議起，仲深留書切諫，不告而去。自後專留意為地方興革利病，無所偏黨。袁氏殂謝，仲仁亦脫身歸吳，遇大事，如齊盧孫楊之戰，民不堪擾，調護奔走，皆兩君挺身任之，鄉人稱為二仲。燕居則以詩自遣，間集朋好為詩鐘之戲。余假日返里，亦必預焉。體肥，患血壓過高，遂以中風卒，年五十一。當余知於潛日，仲深寄詩，壽余三十生辰，遺札散亡殆盡，而此獨完。詩云：「昔聞刁令居，築亭臨浮溪，曾邀子瞻共遊眺，醉落大句驚沙鷺。刁翁官此久，地僻不受人傾擠。名僧種竹作清話，村女渡溪照畫眉。君今但取風景好，知復不恨官職低。異時我來一樽酒，二翁未必差毫厘。因君生日寄此詩，火急報我英物何時啼」。於潛介臨安昌化間，地有綠筠坪，構軒其上，亦名綠筠。宋蘇軾行部至此，作詩著集中。余按尋其地，軒址尚存，而竹無一竿，乃令於清明節以時補植。報仲深詩云：「有軒補綠筠，有水通紫溪，風俗淳厚薄書簡，容我得句招鳧鷺」，謂此事也。未幾，受代去，平安之訊，遂不復至。

天目兩山多奇景

天目兩山，東山在臨安境，西山則於潛所轄也。民國七年，官臨安者，為戚屬李照忱，適余之於潛任。是年冬防會哨，約同遊東山。登山未半，而雲氣四布，跬步以外，不復見物。惟臨厓巨松，略可辨影，絕似張素綃，著淡墨畫一兩枝，奇秀無比。薄暮抵寺，宿東樓，憑窗而眺，一無所見。平明起視，則有峰當窗，軒然聳翠，余詫謂「豈飛來峰耶？」值僧具朝餐，俄頃反視，又無一物。僧言登鐘樓，可觀「雲海」，即倩導往。樓在山最高處，鐘懸樓頂，下去地不過三尺，空容百人，巨重若此，竟不知當日何由輦致也。樓板虛以函鐘，繞登其旁，俯矚檻外，雲平鋪不動，與樓腰齊。腰以下，茫茫陸沉，一白無際。遠峰數尖，浮出雲表，若海中島嶼然，使峰顛有人，還視此樓，亦必擬為仙山樓閣，在虛無縹緲間也。明日下山，紆道赴西天目，寺在山趾，規模宏麗過東山，香火亦盛。未到半里許，叢林森茂，枝幹參天，皆數百年物。齋寮幽靜，朝夕聞梵唄聲，頓捐俗慮。山腰有昭明太子讀書臺，未及登覽，而僚吏白事者至，匆匆遂去。西山寺為律宗，規律甚嚴，相傳前清時有僧犯戒。與村女私，禮眾以僧法「荼毗」之。上海名妓某，來此禮佛，耽悅勝境，而苦無棲止，乃捐資數百金，付僧造屋，意欲別築精舍，備其消夏也。例不得拒布施，又不願從，主持者乃令以金構圊厠五間，板屋明潔，供尊客之用。明年，妓果至，問所造屋成否？對曰，已成。導而觀之，妓氣結，絕不復來。余如厠，訝其精美，問知客僧，備得其事如此云。

於潛縣的新舊黨

於潛縣境，與安徽寧國府接，扼其間者，有千秋關，狹僅容騎，憑關而守，一可當千。咸豐時，洪楊軍嘗仰攻，居民助清軍轉石下之，殺傷無算。既陷，洪楊軍盡屠其民，不留雞犬。隱匿得免者，饑掘草根，久亦自相食，遂無孑遺。亂定，左宗棠撫浙，檄各省移民，漸有至者，然皆不著籍。余在縣時，接其紳商，及理獄訟，詰兩造籍貫，無一為於潛人。大抵安徽最多，湖北次之，餘則湖南，兩廣、蘇北、浙東皆少數。民無安土之心，貨有遷流之弊，故欲謀興革，事不易舉。然地僻政簡，官民相安，又非難治也。縣有新舊兩黨，舊黨以方姓為魁，新黨朱姓，故又稱方朱兩黨。官此土者，與朱黨昵，則方黨齮之，反是亦然。積數十年，無能調解者。余聞事，約兩黨，謂「公等非有私爭，徒意見不協耳。我來為民理事，唯開誠心，布公道，以善為歸，不知有黨。且請治杯酒，為公等釋怨可乎？」兩黨皆言：

當是余言。平生究心水利，主疏濬太湖，廢圍田，使無壅閼，議論精當。迨王清穆長太湖水利委員會，松岑以秘書佐之。余方知餘杭，委員會忽以令索縣志，置不報。松岑遊黃山，道過餘杭，問縣志事，余對曰：「若足下私函來，志不難得。委員會長官雖尊，餘杭地不濱湖，非其所屬，無越省相令理，是以不報。」松岑謝曰：「慮未及此也。」置酒約遊洞霄宮，投詩為贈，有「旭初靄靄春空雲」之句。余謝事歸，時復相聚。一日，奉親命賀某巨室納婦。某以遺老自居，先為其母夫人請旌節孝於廢帝溥儀。是日上賜額，具清衣冠，行三跪九叩首禮。賓客雜至，同宴席者有曹叔彥丈。丈盲於視，而精三禮之學，在席中頌清聖德，忽詬及餘杭章先生，曰：「章炳麟者，可謂罪大惡極。」余不能忍，與辯。丈曰：「此何人也？」仲深亟解之，述其家世科第，曰：「汪某子也。」丈益大罵，曰：「何家不受清官職科第，何人非清百姓，而乃公然轉入民國，此真禽獸，且禽獸中之梟獍也。」余曰：「如丈言殆矣，何家祖宗不為明百姓，不作明官，而乃公然轉入清代，是祖宗非人耶？」丈怒甚，旁人扶去乃罷。越日，事聞松岑，謂余曰：「足下詆吾師乎？」余言：「實不知足下師，然足下師辱及吾師，故不敢默爾。」松岑微笑，曰：「子，倔強人也。」松岑本與章先生友，後竟以他

聽書品茗在陶園

松岑刻《天放樓詩》贈余一集，以流徙失之。頃其弟子王君欣夫寄示《天放樓文言》、《鶴舫中年政論》及遺詩續集，詩多樂府及紀遊之作。自癸酉年訖丙子，蹤跡遍閩粵陝右滇蜀諸省。余亦嘗至西安咸陽，且久居巴蜀，觀其所詠風物名勝，半余親歷，而竟不能道隻字，才之不相逮，有如此也。詩中言「重慶陶園」者，園在上清寺（地名），故為品茗聽書之地。政府西遷，監察考試兩院，即以園為辦公室，又名莅園。其所云「盲翁說書，綳銅絲為琴，以箸捶之」者，蓋俗名越琴，西南之人多擅此。又言「重慶東北鵝項嶺李氏林園高臺，左嘉陵，右大江，上為浮屠關，為登覽勝處」者，鵝項嶺之形，簡稱鵝嶺，李園主人本滇籍，晚清官此，遂家焉。巴縣全城皆山，而浮屠關為通成都孔道，險峻可守。鵝嶺稍在其下，脉絡相接也。園得地勢，掠山川之勝，而布置亭林，疏鑿澗石，因地造屋，跨水為橋，無不協於自然，盡收閎美。園林山水，兼而有之者，平生所覽，以此為第一。懸匡置閣，極眺無際，江如束練，縈帶烟光。閣中有額云：「下臨無地」，取滕王閣文，可云適合。寇機肆虐，此閣似已被毀，不知今能重建否？又不知松岑所指高臺，是否即此？錄其詩，以質諸曾遊者。詩云：「高臺聳林表，二江夾其肘，上有浮屠闞，勢若馬驤首。川西富天囷，巴郡當戶牖，大險扼夔巫，小險此可守。高談紙上兵，痛飲花間酒。觀此林壑美，笑我年華醜。蜀江肥魚多，椒桂辛宜受，垂竿釣魴鯉，江漲嘉陵吼。且喚隔江青，群峰對招手。」

蜀中名庖多雋味

巴水湍急，魚甚難致，唯稍多鰻鱔之屬，別有「巖鯉」一種，視為珍品，蓋常棲止江底巖穴中，非若他魚浮遊上下也。取魚之法不詳，然絕未見有施釣者。松岑云：「垂竿釣魴鯉」，此特詩人語爾。成都卻又不然，水土平衍，與江南無異，魚蝦亦為常饌。臨江酒樓，名「枕江」者，以醉蝦羹魚著，友人招飲，幾疑在西湖五柳居也。松岑亦有詩云：「成都酒樓凡几座，萬里橋邊解鞍馱，客愁浩浩錦江同，如此江山供醉臥。鮎魚味美辛椒伴，苦笋登庖鹽豉佐，停杯愛聽江湍急，虎眼波文淨難唾。平生眼界太空闊，收向樓頭鐺腳坐。峨邊烽火勢勃窣，劍外殘黎骨舂剉。不成歡噱攬芳菲，俊賞心違淚交墮。」此則無一字虛設。而雄傑之氣，每覺勝於放翁。放翁造句，能豪不能澀也。

松岑在成都時，有《姑姑筵》一首，自注云：「主人王晉臨，年七十餘，烹調為川中第一。」以余所聞，晉臨似姓黃，其人亦讀書，嘗為某縣知事，退老家貧，乃治庖饌應客。余入川時，晉臨已遷居重慶，因重慶升為陪都，富家豪族，麕集於此也。當時一筵之值，最貴者法幣百元，賤者四十元，此數在民國二十七八年，已使窮酸吐舌，興過門大嚼之感。余嘗與葉元龍飲晉臨家，晉臨素敬元龍，僅取費二十元，蓋異數也。所治饌味偏醲厚，以煎炒為上。晉臨躬著犢鼻褌，頤指氣使，若者趨刀砧，若者視火候，莫不奔走聽命。客飲既闌，主人易常服陪坐，出示所手鈔漢晉書，談古今事，娓娓不倦。又自題齋額曰：「混世壽」，混世壽，蜀方土語，猶言和光同塵，老溷人世耳。署款為「竟寧」，則晉陵二字，亦以音訛。

成都的姑姑筵

姑姑筵之名有二義：一說，蜀人稱姑曰姑姑，竟寧之姑善治饌，竟寧所師也。一說，兒童以木製杯盤，餖飣為戲，他方或謂之「齋泥木」，蜀謂之「姑姑筵」，竟寧自以所為，等於兒嬉，故名。後說吾聞諸康心遠，似較為實。松岑詩：「蜀女兩角丫，其名曰姑姑，姑也主東道，不辨醢與醽。觴豆無等威，隨手蒸雞鳧，旨甘得真味，跨灶壓灶奴，咄哉老髯伯，斂袂師姑姑。筵以姑姑名，疑是文君爐。』則以姑姑為少女，與第二說略近，而又非也。竟寧雖隱於庖，然頗矜倨。故主席林公宴客，招竟寧辦具，不應。諸給事者懼，不敢上聞，懇商之，則曰：「出無車，吾不能徒行也。」乃亟以汽車迓之來。宴畢，給事者厭其人，不肯以車送，竟狼狽返。余聞其事，笑曰：「伊尹不易為。」

同時有丁厨者，名亞竟寧，以其傭於丁家，故用主人姓冠之。自言為竟寧徒，

弘一師紀事補闕

自《隨筆》刊布，而西方之士，聲氣相求者，書問日至，尤以關心弘一法師遺事者為多。師德力感人之深，於此可見。姜君丹書，號敬廬，曩與師同教浙江省立第一師範學校，朝夕論藝，相得無間，於師出家事，知之甚詳。頃貽書正其闕失，與前載李君行孝語，可相參證，約舉如下：（一）師民國七年，剃度於杭州大慈寺，即俗稱虎跑寺。翌年，受戒於雲林寺，俗稱靈隱寺。（二）師出家時，其日本姬人初未聞訊，後往虎跑寺求一見，堅拒不獲。（三）金娃娃為北京歌伶，其贈詞前半闋云：「秋老江南矣，忒匆匆，春餘夢影，樽前眉底，陶寫中年絲竹耳，走馬胭脂隊裡，怎到眼，都成餘子。片玉崑山神朗朗，紫櫻桃，漫把紅情繫，愁萬斛，來收起。」（四）師臨化偈語曰：「君子之交，其淡如水，執象而求，咫尺千里。問余何適，廓爾忘言，華枝春滿，天心月圓。」又孫君重斌寄示師遺囑，及將赴日本時所作《金縷曲》一首，亦附臨化偈語，唯補述其示疾始末，並與夏丏尊書，偈即寄丏尊者。書無他語，但云：「朽人已於九月初四日遷化。」生前作書，而云「已化」，自非明知去來者不能。唯稽諸《永懷錄》夏君所記《弘一大師的遺書》一篇言中，信上「九」「初四」三字，用紅筆寫，似乎不是他的親筆，是另外一個人填上去的。又言「三十年二月，澳門覺音社所出《弘一法師六十紀念專刊》李芳遠先生所作〈送別晚晴老人〉一文中，有「『去秋贈余偈，問余何適』云云。如此，則遺書中第二偈，是師早已撰就，預備用以作謝世之辭的了。」據此，師作偈實在示寂前兩年，遺書日月，亦可他人填寫，非所豫為。蓋師平生踐履篤實，縱令前知，亦未必便肯以此自表也。遺囑及詞，並散見《永懷錄》中，故不備著。

一怒只為玻璃杯

豫知死期，凡修道習靜者類多能之。曩聞楊仁山先生於臨終前，治具招親友告別，云有遠行。眾怪問將何所適？曰，到期自知。頃之入內，眾久待不出，排闥視之，則已坐化矣。古今如此者，多不勝枚舉，至若溈山倒植而化，尹師魯來去自如，雖記傳可徵，未免驚俗。仁山為居士中大善知識，創「金陵刻經流通處」，至今猶存。其門弟子最知名者，桂伯華、歐陽竟無、李證剛，皆江西人。伯華早卒；竟無主「支那內學院」，精習「唯識」，文章似唐人，學者翕然奉為大師；證剛教中央大學哲學系，幾二十年，晚兼禮樂館禮制組主任編纂。皆由愚故，愚之所畏也。

竟無佛學宏通，而性偏善怒。嘗於湯用彤席上，與季剛同坐，極詆訓詁考據，謂非根本之學。季剛不肯讓，遂致忿爭。又江問漁、張軼歐分長江蘇實業教育兩廳

葉楚傖之健忘

余少頗強記。逮老而有師丹之疾，丹鉛鈎識，合卷即忘。途遇舊相識，往往不能道其姓名。人或訾為傲慢，猝無由自解也。因憶友朋中最善忘者，莫過葉楚傖。楚傖任中央黨部秘書長，嘗詣公府請謁，謂有三事，急須陳白候進止。主者延見，問第一事為何？楚傖思有頃曰：「罪甚，忘之矣。」然則先言第二事，楚傖搔首躊躇，復不能對。次問第三事，楚傖益窘，但言荷荷！主者微笑，曰：「姑整理案牘後再來。」楚傖出，如遇大赦。未幾，遂辭職。性和易近人，尤饒風趣。余謂楚傖：「或言子南人北相，如何！」楚傖引杯自酌，徐徐而言曰：「然，雖然，吾性情猶吳人也。」軍事方亟，各省限期分段築公路，以利運輸，命名必取地之起訖，與鐵路同，巴縣至寶雞路成，命曰「巴雞公路」，楚傖嘆曰：「名佳，然何不倒言之。」一女子某以畫扇求售，楚傖擇其一，把玩久之，曰「山黛似春，葉赭似秋，春

胡樸安努力做人

勝利之初，海內延頸望治，而措施未當，佚樂是耽，陷溺滋深，馴致今日，有識者所深痛也！三十四年十一月，樸安有與非杞書云：「手書闕然未報，非遺忘也。只因自日本投降以後，一切的紊亂，使我心亦隨之，日延一日，竟懶於執筆。這三個月來，使我一百二十度熱心，頓時減至零度。現正拚命努力，漸漸上升，我雖個人不灰（疑漏一心字），多數人皆是無心。不講事業，只講享受，不問他人，只顧自己，一則為墮落的悲觀，一則為狂妄的樂觀，此猶就新舊知識階級而言。其一般人，富者只有狂妄的「樂」而無「觀」，貪者只有墮落的「悲」而無「觀」，生者醉生，死者夢死，火又將燎原，水又復平堤，狂妄者熟視無睹，墮落者自救不暇。而我的心理，有危懼的悲觀，絕不墮落，為有計畫的樂觀，絕不狂妄，計畫若何，即守我自己的本位努力也。我是個讀中國古書的人，許多讀古書者，皆是書本

葉楚傖遺著

《世徽樓詩》，編次未盡善，印成之日，楚傖已不及見矣。案牘疲神，憂勤銷骨，而仍能以吟詠自遣，篇章工拙不必論，其涵養之深，於此可驗。〈夏至〉詩云：「憂患艱屯皆可樂。」又云：「承先啟後大事業，立於方寸安於默。」正自道其一生得力處，性嗜飲，杯斝不去手，醉益溫醇自克，故有句云：「酒中人是性中人，豪放恬祥各有真。」恬祥二字，是其寫照也。二十六年夏，余應幕府之招，將赴西安，楚傖設餞，謂有贈詩未成。至冬入蜀，復相見，乃投余五言一首，云：「昔送關中去，今同蜀道來，異鄉如骨肉，大地欲蒿萊。春近音書遠，霜清畫角哀，喜君題柱手，盤擘動風雷。」急足遞箋，並索和章為報，因即次韻謝之云：「如獲連城璧，新詩入手來。殊方忽樽酒，故國已荒萊，鷙鳥陵秋奮，啼猿繞峽哀，群生寧久蟄，天半隱驚雷。」詩去，楚傖來訪，抵掌談收復事，集中有〈與旭

傷時憂國一詩翁

江都周穀人，年八十三，初未相識也。歲丙戌，刻所作詩詞，都為一集，名《無悔詩詞合存》，託尹石公以一冊轉贈。久置篋中，近日始得暇披覽。古近體皆溫雅，五言尤勝，詞側似在白石、夢窗之間。余最喜誦者，為〈詠懷〉二十八首，規仿嗣宗，接其神理，不必貌似也。第五首云：「昔年遊京洛，風塵緇我衣，感物若將浼，驅車遂言歸。嗟彼誇淆子，弗天慮疾威，國維喪廉恥，民聽毗是非，善人哀為屍，面從中心違，防民甚防川，潰決將誰依？」又第七首云：「冬至苦晝短，白日移景光，既往不復回，天行故有常。壯士發奇情，揮戈聞魯陽，一人成其愚，千古哀其狂。舊邦有新命，弛者誰能張，孤注輕一擲，求仁謀未藏。」又第十一首云：「名都有貴人，彈以金為丸，兒童競相逐，得之療饑寒。一發幸中的，侍從皆騰歡，意氣快一時，焉知來日難？大火忽西流，秋風動長安，歡樂未終極，涕淚交洸瀾。」又第十五首云：「丈夫懷壯志，弧矢威四方，坐見金甌缺，中夜起旁皇，叱咤生風雷，武庫龐清霜，兵車會諸侯，莫敢仰首望。月盈則虧蝕，失助徒嗟傷，兵家哀者勝，成敗寧有常。」翁自敘：「行年五十，謝絕俗緣，又以洪憲之變，外憂內患，震撼不已，可為吟諷之事日多。而友朋之往復唱和，亦因之而起。」是則翁始為詩，在民國後，上所刺譏，皆為帝制及復辟（如第七首）時事，然辭旨哀切，援往事以為今鑒，頗有足資儆惕者，讀其詩，亦可以風也。

滿船書畫付波臣

我國治術，首重民意，故以民為天。暢此旨者，無過儒家，而孔孟則儒家之宗也。孟子之言曰：「民為貴，君為輕，得乎丘民，而為天子。」孔子之言曰：「百姓不足，君孰與足？」又曰：「不患寡而患不均，不患貧而患不安。」為政理財之道，綱領在此。後之秉國者，專恣暴虐，朘民以自肥，既盡反儒家之術，及至國弱民病，而議者乃歸罪於儒，不亦慎乎？周翁〈詠懷詩〉云：「天視自民視，天聽自民聽，好惡同民心，均平天下定，小康不足言，大同此途徑。學說古有徵，桴鼓今方應，果聞擊壤歌，寧憂瓶罍罄，所惜羲農遠，末由稽史乘。」蓋指謂今日最新之說，乃適與古相應耳，言外之意，讀者可自得之。

何稚舲，丹徒人，清末，以仕亡其資，入民國，猶為部郎。能畫，習崑曲，喜演「借靴」一折，此劇賓白，例用揚鎮間語。余嘗聆其演奏，可謂極突梯滑稽之能。馮玉祥逐溥儀，清宮器物，寖流溢於外，有力者攫之以為珍藏，或亦因緣為利，稚舲獲致書畫卷軸甚富，載以南下，舟發塘沽，失事，並溺焉。周翁有〈哀何稚舲〉一篇，記之甚詳，云：

天蒼蒼，水浪浪，巨魚躍，群鷗翔，波濤闊，不可量，我思之，結中腸。懷伊人，水中央，欲求之，阻且長，隨陽雁，飛成行。君遠行，踽涼涼，問征夫，語難詳，人疑君，歸故鄉，我願君，滯他方。君出門，月無光，發津沽，弦始張，圓復缺，企予望。憶音容，貌堂堂，春秋盛，血氣剛，君自信，壽而康，言在身，心難忘。君有田，足稻糧，學而仕，空倉箱，升斗祿，焉取償。舌猶存，目未盲，今為官，不如商，致萬金，意差強。人知足，樂乃常，君當非，喜而狂，既北向，胡南航？君南航，非輕裝，懷瑾瑜，兼琳琅，希世寶，出秘藏，天所妒，人乃殃。問水濱，嘆望洋，不能期其存，尚原知其亡。存亡兩不知，天道胡茫茫？我思駕虹指東海，為君歸骨葬北邙，求之不得我心傷，短歌微吟發清商，泣涕漣洳聲難揚，安能達觀齊彭殤。

雖其中不無微辭，然慨惜之深，具見交義。稚舲子墨，為余從侄婿，求父屍不得，招其魂而葬之。墨字秋江，從師曾學畫及刻印。棄官，以藝自給，有聲於時。

儒家修養法

胡樸安門人柳非杞，鄭示其師論學手札二十餘通。樸安，涇縣人，久居上海，隸南社，以文字倡革命，與陳去病、柳亞子、葉楚傖交契。楚傖主席江蘇省政府時，曾一任政務廳長，晚年病廢，益勤力著述，成書甚多。其最自詡創獲者，為《周易古史觀》，題詩所謂「古事時發見，如回萬古春，漢宋易家注，掃之如浮雲」也。與余未識面，而當余居重慶時，每託非杞殷勤致問，且索為《周易古史觀》署簽，驛遞多阻，故排版時不及用。易之為書，廣大悉備，以史觀易，亦得其一體耳。愚於其書，略有評詞，然好學深思之功，不可沒也。樸安治學，不囿漢宋門戶，而以修己立人為歸，著《儒家修養法》，則並廓除儒釋之界，信為閎達。其與非杞書云：「漢學尚是書本子上學問，宋學是做人的學問。漢學之基礎是訓詁，所以甚有條理，宋學之基礎是格物。大學格物章亡，宋學皆是空談，不知現在小學校之『自然』教科書，即是格物之初步。」又云：「讀書當先立其大者，中庸『博學之，審問之，慎思之，明辨之，篤行之』，此實千古不易之法門。漢學家只博學審問，宋學家只慎思明辨，漢宋二家，僅各做一半，至於篤行者，漢宋學家皆無有也。」又云：「篤行在為人，為人在立志，志字從心從士，心志於士，推一合十為士，所以讀書當自博學始。《論語》云：『士志於道而恥惡衣惡食者，未足與議也。』人雖不能離開生活，專以生活為事者，不足以為士也。」丁寧反復，語皆類是。其教人如此，即其所以自立者可知矣。

簡策千秋有短長

樸安病中，多為詩，信筆書寫，殆與堯夫擊壤同流，其意無不欲以文詞自見也。擇錄數首，用窺一斑。〈感事〉云：「一聞日本已投降，不覺心情喜欲狂，從此和平遍大地，更無傑驁擾邊疆。太剛必折是天道，以屈圖存尚善良。今後大家須努力，自強處處盡康莊。」〈書感〉云：「經年臥病暗心驚，夕照無多對短檠。一息尚存終自勵，千秋以後任人評。入春草色連天綠，到耳潮聲向晚平。身世茫茫何處是，中原況乃未休兵。」〈書憤〉用安如韻，並效其體云：「權奸誤國當年事，簡策千秋有短長，莫道天心常醉悶，須知鬼力已微茫。偏枯久閉閒人戶，魑魅時窺野叟堂，身後賢愚誰管得？何曾過計到兒郎。」（其一）「可與人言三兩少，不如意事萬千多。持身未肯稍污濁，教我如何不坎坷？蕭瑟西風騎瘦馬，迷離春夢醒痴婆。詩書久已辭塵世，難怪人逢受責呵。」（其二）安如者，柳亞子字。

非杞寄樸安遺札來時，別附一箋，謂「昔年在渝州，沈尹默先生為書蘇曼殊詩全部，成一手卷，已有柳亞子柳無忌題，擬請亦為題跋，並著《隨筆》中」云云。尹默所書卷子未見，曼殊譯拜倫詩，曾刊小冊，余僅見絕句數首，多風華綺靡之作，亦未窺其全集，下筆頗難。昨戲占短章，聊以塞責，姑從非杞請，錄此。其一云：「蘇黃綺語被師呵，放下門槌又若何？不似曼殊參悟了，卻將心事託微波。」次句用東坡〈南歌子〉「借君拍板與門槌，我也逢場作戲不須疑」也。其二云：「沈侯墨妙比河南，寫得新詩意亦酣。我與掃空文字障，本無一字更誰參。」

南明史稿待殺青

安如為費敏農甥。敏農，韋齋從兄也。安如少慧，嘗讀書舅家，舅家諸兄弟多病口吃，安如戲效之，已而成習，其吃乃甚於諸兄弟。年十六七，投文《江蘇》雜志，署名亞盧，意以亞洲盧騷自命。後稱亞子，為《太平洋日報》撰文，又署青兕，則以與辛稼軒同名棄疾，辛有青兕之號也。始相把晤，敘輩次，余為尊行。而安如本年長於余，志業相契，故脫略形跡，歡若平生。性率直無城府，喜怒毀譽，皆由中發。初，每以臥龍況余，及論事不合，則於報端著文詆之曰：「卿本佳人，何苦作賊。」一家饒裕，而以奔走國事，揮斥殆盡。南社草創，其經常之費，亦取給於安如。自余浮遊南北，安如亦蟄居鄉里，中間三十年，唯送韋齋喪時，一聚首而已。中日戰起，安如以直言除黨籍。先是避寇香港，香港陷，徙居桂林。時余方臥病歌樂山，從非杞處得其消息，始復以詩札相存問。安如屬草南明史，精力所殫，又因余為介，從朱逖先質疑事，並搜集資料，今俱老矣。余百無一成，而安如《南明史稿》，實為不朽之業。願其強力著書，殺青可睹也。

月下笙歌傳水調

頃檢篋中，得其初見贈詩一首，計時當在民國前一二年，題為〈偕道一屏子訪旭丈賦呈一律〉云：「為尋龍臥南洋客，自挈雲間酒伴來。遊俠江湖名乍遠，空山風雨捲能開。雕蟲已悟非長計，讀易從知是異才。舒位王曇真竊忝，從今好共鬥深杯。」舒王戚誼，如我兩人，道一屏子，謂金山陳陶遺、上海朱少屏，地皆松江府屬，故稱雲間，非隨筆填湊也。

又別箋寫兩詩，題云：「七月七日，偕鈍劍、恕弌遊烟雨樓，興闌，歸飲酒家；復遙望南湖燈火，慼而有作。」詩云：「天上人間兩不知，金風玉露又紛披，一泓秋水明於鏡，終古靈辰屬此時。過眼繁華成轉轂，泥人哀怨託參差，酒酣莫唱南湖曲，腸斷梅村絕妙詞。」（其一）「高樓燈火認依稀，打槳吳娃夜未歸。月下笙歌傳水調，天邊風露濕羅衣。鴛鴦湖畔新遊跡，烏鵲橋頭舊錦機。獨有天涯狂醉

梨園憶舊錄

（一）

民國初，伶人以色藝馳譽海上者，一馮春航，一賈碧雲，皆飾旦角。而所長不同，馮為青衣，賈則花旦也。春航幽靜閒雅，宜於悲劇。演《三教娘子》、《血淚碑》、《妻黨同惡報》等，聲情淒楚，觀者泣下。碧雲則明艷嬌冶，不可方物，所飾雖為妖姬蕩婦，而描摹劇情，適如其分，非若後來諸伶之姚蕩無節也。所工之劇，如《梵王宮》、《紅梅閣》、《打花鼓》。《新安驛》等，每一登場，坐客必滿。當時有聽歌之癖者，抑彼揚此，儼分兩黨。安如為馮黨健者，編《春航集》，賈黨亦為《碧雲集》以抗之。余與季剛嘗從碧雲往來，遂被賈黨之目，其實固未嘗有一字也。春航行誼，近見鄭君逸梅所著《小陽秋》中，引朱劍芒《南社感舊錄》，載其焚券濟貧事，近世士夫所弗能逮。而碧雲多識佚聞舊事，吐詞蘊藉，蓋亦與春航相若。春航字旭初，登場之名，為小子和，有兄二者，名丑也。碧雲亦稱小十三旦，先是秦腔老伶侯俊山者，以《新安驛》著，稱十三旦。自碧雲名盛，眾又稱侯為老十三旦以別之云。

（二）

清承明制，宮內行禮燕會，由教坊司承值，後改為和聲署。教坊司初有女樂，旋予革除，悉用太監代之，其習藝之所，曰南府。乾隆南巡至蘇州，極賞崑曲，遂令織造府選人，隨至京師應差，並為教習。以此輩不便與太監雜居，安置景山，由是南府稱「內學」，景山稱「外學」，嘉道間合併為一。至道光七年，復改南府為升平署，著民籍學生全數退出，並不准有大差處名目，專以太監承應，於是升平署制度，遂與清相終始。然閹寺質體既虧，聲容並茂者鮮，內府劇本，又以應制故，懼觸忌諱，多連臺神怪之作。西太后生長民間，嗜皮黃劇。太監所演，不足以饜視聽，即傳外間名伶入宮奏技。凡常被宣召者，例有廩給，稱「供奉」，伶人亦以此為榮。晚年既多失政，蜚語流傳，不可究詰。余偶從碧雲問，頗能道其一二，惜當時未予筆錄，記憶者少矣。

（三）

梨園數武生行，必首推俞菊笙，菊笙既老，其徒楊小樓為第一。楊白晰修偉，矯健絕倫。飾大將及黃天霸等，英猛之中，復饒閒雅，尤非他人所可及，西太后最賞之。小樓為某福晉所眷，里巷訛語，侵及宮闈，或改唐人詩刺之云：「宮中老婦不知愁，春日凝妝上小樓。」碧雲言，此不足信。就其親見者，一夕宮中傳戲，小樓演《長阪坡》畢，太后宣召，且命不必卸裝。先叩頭殿階下，太監傳命進至御座前跪，而電燈於此時忽全滅。俄頃復明，小樓謝恩退，攝衣為兜，兜中則珍珠環釧，並金銀器若干，事皆太后所親賚，珠釧即腕上常御之物，蓋異數云。又言：光緒帝失歡於太后，太后每窘促之。值帝誕辰演戲，太后特點譚鑫培唱《白帝城託孤》，眾皆駭異，然不敢違旨也。據此，後之驕縱刻薄，已可概見。牝雞司晨，惟家之索，清室覆亡，后不能逃責。鼎革以後，風俗益靡，國體雖更，前車可鑒也。

（四）

譚鑫培師程長庚，長庚皖人，鑫培鄂人，皆善運新調。一聲既出，轉相模仿，說者謂京戲實由徽調及湖北調糅合蟬蛻而成，或亦非過。劉禺生《洪憲詩》注，述鑫培學藝事甚詳，云：「長庚出臺，鑫培必背臺而坐，凡長庚演唱聲音清濁高下疾徐輕重，自然神合之處，出則默理，居則演唱，有不洽於心者，明日即前往改正。於是又年餘，親詣長庚曰：『師神藝，已略得端倪。』長庚使一演奏，大驚曰：『鄂人二黃，吾子可得老夫衣鉢。』禺生自言，此親聞諸鑫培，當必可信，唯謂「長庚亦鄂人」，實誤。鑫培聲音動作，雖臻絕詣，顧體小而瘠，遠不若長庚之儀容俊偉。然以初習武生，能戲又有在長庚外者，其身手之捷，跌撲之工，小樓自嘆弗如。所擅文武諸劇，難僂指數，即余親曾聆其演奏，與聞諸他人者，列表計之，當可二三百折，然猶未盡也。

（五）

故事大軸壓軸必以鬚生或武生當之。俗漸淫靡，觀者以色為重，旦角代興，鑫培亦漸老，不肯常演。民國二年，南方伶人林顰卿至北京，出演東安市場，藝殊平凡，而售座甚盛。鄰園主人固請鑫培登場，竟不能敵。鑫培慨然曰：「這年頭兒戲也難唱，唱不過梅蘭芳，也還罷了，現在連林顰卿也唱不過了。」夫真賞日稀，豈惟演劇，寸心得失，何足校量。而伶人謀衣食之資，乃不得不貶抑其技，以投俗好。馴至鄭聲日繁，必曰此為進化之徵，翩其反矣。

與鑫培齊名者汪桂芬、孫菊仙。桂芬先為長庚司鼓板，揣摩聲調，得其沉鬱之味；菊仙則一落魄秀才，嗜聆長庚劇，風雨必往，長庚後識之，乃頗為講論指授。菊仙歌喉宏碩，發聲如黃鐘大呂，尤近奎調。奎調者，以張二奎名，當時與長庚及王九齡亦三人齊名者。桂芬善用鼻音，運氣自丹田中出，學者最難肖，既早卒，唯王鳳卿略得其四五分。菊仙行腔極簡，幾類念誦，然斂之若游絲，放之若震霆，噴礴而出，無不如意。民國初，鬻藝上海，余聆之數矣。世人徒震其名，不能深好，朋儕中獨李曉暾能效之，因為余言。菊仙唱《空城計》、《臥龍岡》一段，聲情激越，而四座漠然。至末句，菊仙忽改原詞云：「我真是在城樓，對牛彈琴。」一眾彩聲四起，以為新聲，而不知其罵也。此事極可笑，然余頗疑為曉暾寓言。曉暾，安徽人，名世由，曾知吳江縣，以狂疾死。

（六）

從前報紙，多特闢戲評一欄，評騭伶官，商兌劇曲，亦甚有可觀者。然行家不多得，妄者為之，則阿私骩曲，毀譽任情，甚或顯分黨派，日肆排牴，於藝術上失其真價，人亦厭之。顧梨園中人自相品題，恒多雋語，聞汪桂芬觀鑫培演《賣馬》，嘆曰：「這秦叔寶被他唱盡了。」意言其形容極致，無可復加也。劉鴻聲稍後起，以黑頭改唱鬚生，音調高銳，譽者稱為鐵嗓。一日演《洪羊洞》，鑫培往聽，人問如何？鑫培微笑曰：「佳」。固問之曰：「好是真好，就怕他死不了。」蓋譏其音太高，與六郎臨死之情不合也。余嘗聆鑫培《南天門》，曹富將絕時，愈唱愈低，真似氣息不屬者，乃悟其語之妙。又菊仙評桂芬為老旦老生，鑫培為青衣老生，鴻聲為黑頭老生，言外之意，殆謂老生正宗非己莫屬也。桂芬本兼工老旦，唱《滑油山》、《行路》、《哭靈》諸劇，實出龔處上。

（七）

桂芬、鑫培，同負盛名，相爭亦相讓也。桂芬既心服鑫培《賣馬》，終身不演此劇；而桂芬所擅者，如《取成都》、《取帥印》等，鑫培亦不敢演。前清京朝卿官，有歲初團拜之例，醵飲會館中，或演劇，諸名伶畢至，堂會戲之濫觴也。然堂會戲必有任選擇伶人及排定節目者，謂之「戲提調」，此則無之。伶人隨到隨演，但以先後為次，願演何劇，亦各聽便，大抵必自獻其平生得意之作，一較短長，無肯輕率從事者。或兩人俱工此劇，復演不禁。聞老輩言，某歲，蘇州同鄉集長元吳會館，沿例觀劇。桂芬先至，即演《文昭關》，本其所獨擅一時者，聲容之美，莫可比倫，眾擊節嘆賞。而是時鑫培適至，周旋四座間，因言：「今日某亦孝敬此折。」孝敬者，北方常語，猶云供獻也。皆漫應之，而心竊為危。迨桂芬下場，繼之即為鑫培之《文昭關》，聲調雖佳，終有珠玉在前之感，眾私謂「敗矣」。桂芬演此，無《出關告別》一段。而鑫培獨於此聚精會神，其拜謝東皋公時，倉皇急遽之中，仍露悲憤惜別之意，身段動作，幾欲神化，於是掌聲雷起。素與鑫培昵者，喜曰：「到底有一手！」

（八）

繼鑫培而起者，唯余叔岩最善，嗓音弗如，故行腔稍簡，而能別饒韻味。若其作派，動手投足，皆鑫培也。然鑫培在日，叔岩避不登臺，俟其歿，始允奏伎，一出而聲名之盛，遂與鑫培敵。若並時角逐，慮必為所壓矣。今之後生，好淩侮前輩，不精其學，唯忿嫉謾罵以為快者，比比皆是。禮失求野，為之慨然！

甲寅冬日，觀堂會戲於金魚胡同，張某為提調，排《群英會》，鑫培飾魯肅，德珺如周瑜，黃潤甫曹操，金秀山黃蓋，慈瑞全蔣幹，飾孔明者似為金仲麟，秀山子也。配合齊整，極一時之選。余謂張君，今日戲符其名，微子之力不及此。張答：「人才所限，只好模糊（音如馬虎）而已。」余訝其言太了曰：「然則尚有勝此者乎？」張曰：「他不必論，即就此劇言，大老爺（指程長庚）在日，封箱演此，自飾魯肅，王桂官飾周瑜，趕三（名丑劉姓）飾蔣幹，盧檯子飾孔明，均成絕響，惟曹操黃蓋兩角仍舊耳。」因言：「今梨園十行，皆不如前，唯武旦一行，九陣風之藝，實過乃師，武生若楊小樓，亦僅得菊笙一體，非全材也。」余聞之，撟舌不能下。三十年來，伶工凋謝，使張君至今猶在，不知又將作何等語。九陣風者，真姓名為閻嵐秋，其師則朱十也。

（九）

記此，復憶老伶王福壽語曰：「內行所重八字，為文武全材，崑亂不擋。自皮黃行世，只出兩個半人才，程長庚一個，譚鑫培半個。」其餘一個，則福壽自命也。福壽曾於堂會中演崑劇《寧武關》，對刀步戰，識者稱其功力深到，然終身不得意，知者亦鮮，豈所謂有幸有不幸耶。或言福壽性孤傲，不能隨俗，又多與同輩忤，故無肯為之延譽者。若然，其潦倒亦宜。

自四大名旦出，以新聲相尚，文士名流，多為編製劇本。元二年間，梅畹華聲漸起，藝亦日進，《嫦娥奔月》初上演，都下忽盛傳其辭為余所製，實則余與畹華初無交接，不知何由致誤也。其後將編〈西施〉全本，羅掞東告余，中有《採蓮》、《琴台》兩節，擬用崑曲，曲詞請余主稿，余允之。嗣編劇事中擱，余亦離京，遂不復預。又其後全劇告成，仍有《採蓮》一節，非崑曲，而《琴台》無聞焉。院本中傳西施事者，有《浣紗記》，辭采無可觀，傳習者亦僅數折，且非其本旨所在，則有書與亡逸等。余以夫差雖荒淫，而其初矢志復仇，正與勾踐相類，未可抹殺；西施從范蠡事，亦不足信。嘗有志重為之，討論乏人，終於不果。既受掞東命，頗費經營結構，《採蓮》一節，擬使與鄭旦分領宮女，蕩舟和歌，熱鬧排場，措思猶易。《琴台》一節，則擬西施獨上，對月興懷，迤邐循響屧廊登臺遠眺，極訴背離家國、身世兩難之痛。終場則吳王醉醒，分遣女侍尋覓還宮，以表達情意，全在唱作中，構曲殊難精彩。當日僅成《懶畫眉》一闋，描寫響屧廊夜行景況云：「你看樹梢頭殘月映宮城，怕的是，風颼棲鳥不暫停，（疑介）早難道迴廊那處有人行，不由人，怯絲兒魂膽交相迸。（佇聽微笑介）呀！原來是步步相隨點屧聲。」襯字之繁，玉茗已開先例，而聲調婉折，知音者或有取焉。惜稿既未完，掞東早死，畹華近亦不肯輕露色相，此曲遂終為回憶之資耳。

（十）

越進西施於吳，實兵法所謂用間，西施導吳王以歌舞亡國，亦正成越之命，為國報仇，不得以尋常禍水責之也。然身受極寵，私恩亦自難置，故沼吳之後，一死自明，乃情理之至當者。墨子云：「西施之沈，其美也。」蓋非由美色即不為越所用，亦無緣得此禍。楊升庵云：「吳越春秋逸篇，吳亡後，越沉西施江水，令浮隨鴟類以終，正與墨子合，子胥之讒死，西施有力焉。胥死，盛以鴟夷，今沉西施，所以報子胥也。」縣志引之，謂可備一說。夫讒殺子胥，本由宰嚭，何緣歸罪西施？且子胥若在，越終不得入吳，假令屬鏤之賜，西施有力，方當論其首功，何故反為子胥報之？升庵臆說，於理為乖，古今詠西施者，皆不為持平之論。余嘗反柳耆卿詞意，作〈西施〉（詞調名）一首，今並原詞錄下。柳詞云：「苧蘿妖艷世難偕，善媚悅君懷。後庭恃寵，盡使絕嫌猜。正恁朝歡暮宴情未足，早江上兵來。

捧心調態軍前死，旋羅綺，變塵埃。至今想，怨魂無主尚徘徊，夜夜姑蘇城外當時月，但空照荒台。」余反之云：「會稽山上樹空枝，國勢任傾危，臥薪嘗膽，堪笑總虛詞。范蠡當時也恨無良策，但尋訪嬌姿。浣紗擬向荒村老，緣恩重，畫蛾眉，沼吳後，自沉烟水判心期。盡說功成一舸相隨去，嘆欲信還疑。」千秋冤憤，庶期一雪。耆卿「捧心調態」句，似謂其死於兵中，而非沉水，疑別有所據。惟不主五湖共載之說，則同也。

（十一）

昔孫星衍好秦腔，譽為夏聲，實則《樂記》所謂「趨數煩志」者，嗜好有偏，正復何礙，不必託詞以自解也。余於崑亂之外，頗好川劇。其腔簡直，其聲激楚，朝猿夜鶴，同此悲吟。唯尤宜於旦，出生淨之口，則靡也。劇詞或經香宋翁修改，如《情探》一折，殊稱優雅。情探者，演王魁負心事。魁已別娶，絕桂英，桂英縊死，訴於鬼神，得直，將取而質之，而猶不忍，則仍為生人以探之，故前折為《冥訴》，後折為《活捉》也。大抵劇本亦多從崑曲、皮黃或彈詞（如全本《玉蜓》）出，而情節排場頗異。

（十二）

演《白蛇傳》，小青為僮奴，以丑飾之，跌撲變相，猙獰可怖。《魯智深醉打山門》，工架極繁，號稱難演，然只一場。其從皮黃出者，如關羽諸劇、《霸王別姬》、《八郎回營》、《杜十娘沉百寶箱》等，亦僅一二場。蓋除演連本外，無論何劇，唱白縱極煩重，場面必甚簡單，演者無更迭上下之勞，觀者有一氣貫串之想，唯情事變化少耳。其利其弊，或皆在是。亦有他劇所無，而意義至足取者：《柴市口》一折，演留夢炎生祭文天祥事，留百計勸降，而文屹然不為動，作人忠義之氣，功益非淺。又《三遊宮》一折，劉禪降晉後，夢遊家廟，昭烈及關張俱在，張飛數禪之罪而痛責之。獨用飛者，飛性暴，且禪兩張後皆飛女，飛固為丈人行也。此外，苦不甚記憶。要之地方性劇，不可輕視，而川劇主編者，大有人在，研究劇曲者，庶當留意及之。

（十三）

川劇宜旦，故以旦為重，然人才亦難得。有薛艷秋者，號稱四川梅蘭芳，冶蕩逾節，實不足觀。余獨賞筱蕙芬，蕙芬女子，貌中人，演《拜月亭》、《白蛇傳》諸劇，靜穆閒雅，無太過不及之病。時當民二十七年，大鼓名手董蓮枝亦在陪都，胡小石最稱譽之。余戲占兩句云：「愛蓮周茂叔，攬蕙屈靈均。」小石為足成四十字，余因復和之云：「愛蓮無俗韻，攬蕙有奇芬，宛在水中渚，兼之日暮雲。風塵方澒洞，屬和徒紛紜。為恐銷英氣，吳鈎把贈君。」其後寇氛日熾，余旋有視察貴州之行。絕不聽歌，以迄今日，境遷時異，聊復識之。

（十四）

民間歌曲，尚有「道情」一種，不為人所注意，流傳絕鮮。文人所作，自崑山歸氏、興化鄭氏外，亦不多見。今唯四川有之。徐季剛為禮樂館組員，每於酒後唱《漁家樂》道情，眾皆歡笑。館既解散，偶憶及之，命補錄其詞來。季剛自注：「從兄敬之酷嗜道情，鈔本極多，樂山被炸，已盡毀無餘。此曲為兒時習聽得來，字句不無錯謬」云云。季剛固樂山人也。《漁家樂》詞如下：「雲淡風輕近午天，傍花隨柳過前川。大前川來小前川，浪裡悠閒一釣船。將船靠在蘆葦岸，漁翁手執釣魚竿，釣尾魚兒三斤半，漁婆一見心喜歡。漁翁上街沽美酒，漁婆在船把魚煎。

漁翁沽酒回船轉，夫妻二人把魚餐。漁翁酒醉開言談，叫聲婆子聽我言，趁此舟船無人見，你我二人好合歡。漁婆聞言紅了臉，罵聲老漢在胡言。常言道，少是夫妻老是伴，偌大年紀合甚歡？時人不識余心樂，將謂偷閒學少年。」取理學家詩語，而化為詼諧遊戲，可謂匪夷所思。

吳中園林瑣記

（一）

前紀吳中網師園，宋時所建，大誤。園為清初宋魯儒築，沈德潛為之記。彭啟豐有《網師園說》，後歸太倉瞿氏，則錢大昕為記。記中有云：「帶城橋之南，宋時為史氏萬卷堂故址，與南園滄浪亭相望，有巷曰網師者，本名『王思』。曩三十年前，宋光祿慤庭購其地，治別業，為歸老之計，因以『網師』自號，並顏其園，蓋託於漁隱之義，亦取巷名音相似也。光祿既歿，其園日就頹圮。瞿君遠村，偶過其地，為之太息，知主人方求售，遂買而有之，因其規模，別為結構。」敘述原委甚詳，余當時讀碑不精，又事越二十年，但記其中有「宋時」語，且涉主人之姓，而致淆混，偶翻縣志，亟自正其誤如此，以為輕易落筆戒。

（二）

余所居鄰拙政園，距獅子林，亦只隔一巷耳。拙政園本大宏寺地。明嘉靖中，王獻臣始為園，占地之廣，不可畝計。文徵明有記，並圖。記云：「凡為堂一，樓一，為亭六，軒檻池臺塢澗之屬二十有三，總三十有一。」蓋其界西北近齊門，東抵婁門皆是。其子不肖，以樗蒲一擲，輸諸里中徐氏。清初，歸海寧相國陳之遴，之遴遣戍，籍沒入官，以居駐防將軍。康熙初年，復為吳三桂婿王永寧所有，其時蓋猶仍舊觀。故顧丹五筆記，於陳氏云：「珠簾甲帳，煊赫一時。」於王氏云：「益華侈也。」吳敗，永寧亦死，園再入官，由蘇松道署，散為民居。後蔣氏得之，名為復園，意謂因拙政廢園而復之也。然地殺於前，亭林非舊，沈歸愚記所云：「拙政園百餘年來，廢為穢區，既已叢榛莽而穴狐兔，主人得其地而有之，與客商略，因阜壘山，因窪疏池」云云，到今日所餘池館，皆蔣氏物，世人執文徵明圖，按而尋之，宜其渺不可得也。

（三）

所以知地歸蔣氏，已「殺於前」者，據顧丹五筆記：「康熙十七年，園改為蘇松道署，缺裁，散為民居。王皋聞、顧璧斗，兩富室分購居之。後嚴總戎公偉亦居於此，今屬蔣氏，西首易葉、程二氏。」蓋地既分散，不可復併，勢宜然也。蔣氏之後，歸海寧查氏，復歸平湖吳氏。咸豐間，李秀成入蘇州，為忠王府。洪楊事定，籍沒為八旗會館。清亡，改奉直會館。倭寇據江蘇，為偽省政府。今則社會教育學院假為校址。先是西首所謂葉、程二氏者，今亦無有。唯張氏宅比鄰，宅後有園，與拙政園通，疑亦蔣氏舊物，學院並借賃之。其東久廢為民田，今築操場，場側有沼，沼之南，疊石為峰，則知亦必園中遺跡。本屬貝氏，亂後，貝氏宅為他姓所有，盡撤其屋材而貨之，蕩然無遺。疊石佳者，並為偽省長李士群運載以去。

（四）

吳中名園，首數拙政，而其變革興廢亦最繁，即我居處，（按：汪東住東北街廟堂巷）安知非當日歌舞地耶。一廬之寄，可謂飽閱滄桑。昔吳梅村作《拙政園山茶歌》云：「百年前是空王宅」，謂本大宏寺也。「歌臺舞榭從何起？當日豪家擅閭里。」又「兒郎縱博賭名園，一擲流傳猶在耳。」譏王氏之既得復失也。「後人修築改池臺，」以下八句述徐氏之豪華。「齊女門邊戰鼓聲，入門便作將軍壘。」指清兵初入也。「近年此地歸相公」，又「玉門關外無芳草」，綜海寧盛時及遷謫之始末也。詠嘆悲懷，歷歷如見，惜以後事非梅村所知，後之人亦不能繼梅村之詠，遂令此篇獨擅千古。山茶摧折已久，獨徵明手植紫藤，至今猶在，蟠曲茂盛，郁為虬龍矣。

（五）

獅子林得名，或謂取佛書獅子座名之，或謂怪石有狀如狻猊者，故名。又其住持天如禪師得法於中峰本公，中峰唱道天目山之獅子巖，識其授受之源也。或謂園有松五株，皆生石上，故以為名，又稱五松園者是也。地本貴家別業，元至正二年，天如門人結屋奉師居之，屋不滿二十楹，而佛祠僧舍，悉依叢林規制，歷代修建，益增崇閎。寺初名菩提正宗，或即稱獅林寺。明洪武間，併入承天能仁寺，久之，折入豪門，構市廛為利，傭保雜處。至萬曆二十年，僧明性求藏經於長安，規摹復舊，敕賜聖恩寺。清乾隆南巡，復賜名畫禪寺，今榜額仍此，而世俗習稱，唯獅林之名最著。其實逮清末葉，獅林與寺已不相屬。入民國，為貝氏園，建宗祠，設學校，往遊者非有因緣，輒不得入。林以疊石名，僧天如蓋因貴家別業之舊，而其丘壑曲折，則與朱德潤、趙善良、倪元鎮、徐幼文，共商成之，元鎮為圖，世遂稱出自雲林手矣。疊石佳處，相傳有水陸十八景。未歸貝氏前，余曾往遊。雖稍有傾圮，而陟降其間，如入盤谷，玲瓏深窈之致，信不可及。然所謂十八景者，未能悉睹。貝氏重加修葺，補以新石，色與質俱遜其舊，斗接處，復以水泥塗甃，法誠便捷，然頗損美觀。倪徐而後，擅疊石之巧者，惟李笠翁，世無名手，轉不如任其頹臥荊棘中為猶愈也。畫禪寺有下院，原名獅吼庵，後易地重建，改名祇園，香火之盛，與畫禪埒。

（六）

去祇園數十步，邑人就吳王張士誠故宮廢址闢為公園，蔭柳觀荷，頗宜消夏。園有西亭，有東齋，皆設茶座，好奕者群趨西亭，東齋則詩人畫客萃焉。韋齋隱然為盟主，首倡一韻，和篇紛疊，裒前後所得詩一百六十餘首，裝為長卷。常熟楊無恙，江寧鄧孝先作圖，嗣又印《東齋酬唱集》，使余署簽。余居南京時多，故不預會，其事亦忘之矣。戚友沈挹芝昨以一冊見惠，稽覽作者姓名，太半舊識，而十餘年間，凋謝幾盡，即倖存者，亦都衰病謝客，無復雅興。集有序兩篇，一為孝先作，述詩會緣起甚詳，云：「癸酉春夏之交，蔡子雲笙久病乍起，日必徜徉東齋，辰至午散。與雲笙稔者，往往攜杖相就，談笑既洽，繼之以謳吟，謳吟未已，參之以諧謔。同人本處蕭散，不拘形骸，脫巾高睨，覆碗狂嬉，旁坐者或指目怪詫，而不知正吾輩至愉極快之一日也。」一為松岑作，中一節云：「快風扶搖自東北來，涼雨繼之，池荷萬柄，漂香簸綠，珠顆噴湧，越檻跳櫨，濺人裾袂；而四周萬樹低昂，若與風勢相角拄，其聲囂悍，然在詩人聽之，不囂悍而若幽寂者，境以心殊，真天下之能自愉逸者。」舉身世幽憂與所以自遣之情，一託諸寫東齋景物，可謂善矣。亂後，重經其地，寥闃無人，求一聞囂悍之聲，亦不可得。故人往矣，彼所為幽憂狂吟者，以今思之，抑猶承平之遺跡也。

（七）

迂瑣有東齋，小坐望見巽堪無恙，扶藜過橋，戲用陳簡齋韻一首云：「搖碧池漚散復生，熨欄茗碗對涼晴，百年他日知何地，四海彌天剩此城。幽坐自能窮物妄，劇終渾不鬥心兵，咫園一叟應相憶，病起笻枝約意行。」迂瑣即韋齋，巽堪即雲笙，咫園一叟，指常熟宗子岱也。詩中兵字一韻，殊不易押，和章可摘取者，如拂云云：「剩有心情茶後夢，了知世事酒間兵。」群碧云：「草邊依舊鳴蛙鼓，槐下何曾息蟻兵。」又「靜聽荷喧如戛佩，閒尋瓜戰已休兵。」櫟寄云：「荷香自饒花成國，魚樂安知世鬥兵。」彈民云：「笑口忽開成妙藥，詞鋒相對鬥奇兵。」沙隱云：「蟬病噤如箝口士，蚊多悍似潰圍兵。」巽堪云：「老去鬢絲驚脫葉，久疏棋局罷論兵。」南峰云：「匠石不窺屍社樹，英雄原屬盜潢兵。」芊綿云：「吾於成佛終居後，公等登壇善將兵。」霜厓云：「樓臺烟雨南朝寺，子弟貂蟬北府兵。」隱廬云：「結洊略義王僧達，霾照沉酣阮步兵。」皆有意味。拂雲為龐次淮，櫟寄為陳公孟，彈民為屈伯剛，芊綿為彭子嘉，沙隱為梁少筠，南峰為翁志吾，霜厓為吳瞿安，隱廬為費玉如，群碧即孝先也。感事懷人，追和一首如下：「春寒只向袖邊生，十日陰霾一日晴。老我心情同落蕊，故人蹤跡問佳城。囊空並厭狸為客，色變爭談虎似兵，百感填胸無可語，裁箋聊作短歌行。」聲韻久荒，澀不成語。

（八）

侯官梁少筠，弱冠周遊東南各省。民國初，一任職商務印書館，繼為吳縣及丹陽縣佐，有廉勤之稱。後遂移家吳門，性樂施捨，創蘇州濟生會，督修彩虹、善人諸橋，又於胥門外濬放生池，衣粥棺藥，以賙貧民者，歲有常數。暇耽吟詠，與東齋諸賢相唱和。先是陳彥通寓吳，倡詩鐘之戲，集者頗眾。彥通去後，社集蟬聯不輟，余與少筠皆嘗預焉。及余入蜀，遂不復相見。少筠子嵩生，娶於汪，與余家有連，事舅姑孝謹。姑避寇亂，客死洞庭東山，臨終，示象生西，旃馥盈室。少筠本奉佛，自是益虔。三十七年冬，患心臟病，然起居一切與恒人無異。適婦汪以事赴滬，少筠語之曰：「期二日回，遲則余不及待。」汪心訝其言，果如期返，是夕遂卒。檢其遺物，皆預為標識，又親書遺囑並詩一紙。遺囑略云：「余五六十年來，廉潔自持，為民為國，未取非分分文，甘以窮詩人終其身。所愧學業無成，功能無裨，羞對儒先師祖而已。此去心安意得，不必鋪張，限三七至五七內，將靈巖生壙做好，舁棺入葬，與吾妻同穴，近依佛土，遠懺他生，此外別無所冀。」詩有「李賀甘詩鬼，欒侯倘社公」之句。自注「旅吳三十載，兩佐縣治，此心可質天地，可對鬼神。尤以淪陷一役，勉出拯民，先以不領俸、不受名、不見外人三條件，卒獲省斂、足食、衛生三治策，今老而病，病且死，南屏慈尊夢示此去可膺社食云。」南屏慈尊，蓋謂濟公，吳中設壇奉之，始於郭曾基，郭亦閩人也。夢不必信，而其心無愧怍，始有此夢，則無可疑者。他日邑乘志流寓，沙隱之名，不可沒也。

（九）

群碧先世，為洞庭山人，退食於吳，頗欲復其故籍，買宅侍其巷，優游文藝，聊以自娛。雖老輩，而未嘗謳頌勝朝，以遺民自命。嘗預修清史，獲觀內府檔案，吳某公偶於眾坐辯太后下嫁攝政王，必無其事。群碧私謂余：「此事禮部實有案，但執筆者諱之耳。滿洲舊俗，本不以此為怪。張煌言之詩，錢謙益之得罪，俱為旁證，所謂孝子慈孫，百世不改，豈可以口舌爭耶。」清史之不信，如群碧言，可見一斑。群碧工篆書，略與孫星衍、洪亮吉近，晚亦作畫，灑然脫俗。藏松壺畫放翁詩冊，特以假余，筆秀而弱，實贋品，然其意可感也。亂中遣其子赴渝州，覆車死，迨事定，而群碧亦前沒。九州告同，竟不及待，悲夫！

博具雜談

（一）

兒時每見老輩歲首令節，集人作「搖攤」之戲。其法畫格為局，分四方為么二三四，一人作莊家，用四骰覆缸中搖之，視其點色，以四數除之，所餘即為得數。例如骰共五點，除四，得一點，即么也。若九點，除兩四數，仍得一點，餘可類推。莊家外，餘人各憶其得數，出籌分注四方，中者為勝。群碧頗嗜此，嘗言：「樗蒲葉子，古今不同法，而因革之跡，亦自可尋，獨不知此戲起於何時。」余不能對。近偶閱《范書．梁冀傳》云：「冀能挽滿，彈棋，格五，六博，蹴鞠，意錢之戲。」注引何承天纂文曰：「詭億，一曰射意，一曰射數，即攤錢也。」乃悟攤之得名，由於攤錢，其法雖不可知，然必覆錢之數，令人意度，則甚明。聞粵俗為此戲，猶以錢不以骰，謂之「番攤」，他處廢錢而用骰，故謂之「搖攤」，因革之跡，仍可曉也。

（二）

又有所謂「銅旗」者，盛行於蘇松嘉湖間。即用骨牌，而增其數為一百零五張，四人合局，與麻將同，唯規律謹嚴，性浮躁者所不能習。松江吳和甫著〈銅旗輯譜〉一書，先兄袞甫為序。書雖雕板，然終不行也。他日冀有好事者收入叢書，如《打馬圖經》之類，或可以存遺法。茲錄吳自敘云：「博奕局戲，由來久矣，酒後茶餘，間一為之，所以聯歡情，娛嘉賓也。挽近世道衰微，賭風熾盛，群居終日，惟博是務。其章法簡而勝負易判者，尤趨之若騖，一擲千金以為快，傾家蕩產，亦所不惜。嗚呼烈矣！夫積重難返，救弊以漸，則擇其理蘊少深，無乖雅道，而足以寄才思，發幽情者，易而代之，庶亦挽救世風之一道歟。明清升平之世，本有銅旗之戲，詩酒之外，文人習焉。立法之精，條理之密，猶有揖讓進退之遺意焉。惟事資口授，向無譜錄。近歲以來，解者日鮮。編者不敏，謬識其義，爰擬條例，編列成文，名曰〈銅旗輯譜〉。庶有同志，取而布之。抑博本小道，昔人為此，以運心思競智能而已。勝負繁複，記之以籌，籌之設，亦僅取便記勝負之數而已。自後漸以金錢為注，於是至親戚屬，才一同局，便若仇敵，何者，欲攫人之有以為己有也。壞心術，敗倫常，莫甚於此。自今日起，願我同志廣為勸說，努力戒賭，如應酬場中，萬不得已，則銅旗一道，猶為此善於彼，而金錢輸贏，宜從屏絕，是則編者所馨香以禱之者矣。」

衮甫一序，尤雅馴可誦。兄平生文稿，存者不多，故並錄於此云：「往余在巴黎，稍習勃利治之戲（編者按：即橋戲），未有以盡其妙。他日遊坊肆，見所為勃利治之書，或粗或密，無慮數十種，求一二讀之，犁然有當於余心。又有所謂《勃利治法典》，體裁峻整，若科律之不可以增損，因嘆西人治事，雖一遊戲之細，亦用全力為之如此。中國古來遊戲之事甚多，其法率不傳。其僅有存書而完好可讀者，若《投壺新格》、《打馬圖經》、《除紅譜》、《百官鐸》等，比於鳳毛麟角矣。近世有麻將之戲，始於東南，盛於京師，浸淫遍於域內，無男女尊卑野人君子皆習之。顧其為傳，出乎口，入乎耳，未有撮其義例以著竹帛者。而最近十年間，其法流衍海外，外國人乃頗為之譜錄行於世，甚哉，吾國士大夫之奮於博奕，而惰於用心也。麻將格式，略脫胎於銅旗，而簡易粗獷，不如銅旗趣超事博遠甚。」

（三）

又云：「余少時，每見父老以銅旗相娛嬉，不知有麻將，及麻將盛行，而銅旗幾廢。吳越間雖尚有為之者，然徒侶稀少，有倡無和，若古樂之不可作，過此以往，其失傳必矣。吾友吳君和甫，精疇官之學，博涉而好思，官京曹久，而不與世同俯仰。自公之餘，輒集二三朋好，為銅旗之局，雍容和令，可喜可觀。余居京師時，頗從和甫遊，風雨之夕，杯酒既罷，明燈未灺，相與分曹接席，用此為樂，勝無喜，敗無慍也。常恐一朝星散，此樂遂不可復，恨世無好事者，條其進退離合之故，算數之法，與其禁令，為書以示於後。而今年和甫乃有〈銅旗輯譜〉之作，遠道寓書請序。余視其稿，為綱十有一，為目無算，釋謠俗，陳樂方，祛蔽惑，正違失，詳而不蕪，質而不俚。雖不必如《勃利治法典》峻整不可以增損，以視《投壺新格》諸書，無多讓焉。」

（四）

上文中，袞甫有自注云：「麻將名義不可曉，余嘗疑為馬弔之訛。」竊謂

「弔」字之音，無由訛為將，殆非也。麻將之法，本傳起於寧波，其規律悉與銅旗反，凡銅旗所禁，皆破壞之。唯嚴吃張，不得與手中牌通融互易，則銅旗所獨寬也。頗疑創此法者，必嘗習銅旗而不勝，故盡反其律，聊用快意。銅旗所起之張，必公開，不得入手。麻將則不然，凡入手之張，稱為摸張，牌之成敗，繫於摸張，而不繫於起手之牌，其革銅旗舊章者，要點在此，故標以為名。浙東方音讀「張」如「將」，故變「摸張」為「麻將」矣。尚有一證，吳人稱江山妓船為「茭白船」（茭如高音），初不解其意，及至蘭溪，知土語稱此類船為「招牌船」，船妓美者，謂之「招牌主」，讀招字音在焦交間，「招牌」之訛為「茭白」，猶「摸張」之訛為「麻將」也。雖或穿鑿，似頗近理。至於銅旗為名，轉不可曉，有言當作「同棋」者，意謂消遣之實，同於弈棋，未知是否？

（五）

銅旗之外，又有「墨和」，能之者謂其趣勝於銅旗。牌色有筒、索、萬，與麻將類。製用紙，籌則以竹為之，修可七八寸，滑澤而柔，蓋特製者，局外有人專司勝負之筭，名為「矗角」。入局者亦四人，各自理其手中之牌，不相關接，起張發張，同局者皆不得見。所發之張，別置一盤中，俟起張盡，則復糅合以承其後，循環不竭，一家成和，則余家皆覆其牌。既禁公開，故亦無論牌之得失者，靜而不嘩，故謂之墨。墨者，默也。諸局戲，非習其科條者弗能預，此則濫竽充數，他人不覺也。昔有豪紳遊宿穹窿山，欲為墨和之戲，而缺一人，道士自言能此，遂共局，竟夕不成一牌，眾訝其運惡，道士笑謂恐敗諸公興耳，實不解也。故吳諺謂假充內行者，為穹窿山道士。

（六）

我國各地為博之具，種類甚繁，殆難悉數，或者譏為賭國。原賭之心理，蓋由好勝與貪得二者，膠和而成。近世物質愈進，貪欲愈熾，則賭風亦愈盛。西人好賭，有甚於我國者，勃利治之屬無論矣。其餘狗馬有賭，擊球有賭，證券貿易之風開，則市場皆賭也。選舉軍事，勝敗未形，預測其結局，亦可以金錢為注，則國之兵政皆賭也。歐洲小邦，有蒙特卡洛者，方不過數里。立於國之中央，試發一銃，則彈丸射及境外。其國有王，有各部，其財政唯一收入，則賭稅也。賭場國營，來賭者皆外籍，民營之業，唯旅館，飲食店，及製售賭具而已，謚曰「賭國」，名實相符。孔子言：「不有博弈者乎，為之猶賢乎已。」此固為飽食終日無所用心者發，然賭博止於金錢，為害猶小；若夫權利之爭，不惜舉國家種族、人民生命財產，以為孤注，是真豪賭也。昔人謂天地一梨園，我則謂世界一賭場耳，強者為賭家，弱者為籌碼。悲夫！

喜誦《麝塵蓮寸集》

集古人詩為詩者，始於石曼卿、王介甫，極於黃左田之《香屑集》。集詩為詞者，始於蘇東坡，極於朱竹垞之《蕃錦集》，既工且富，不可復加。吳顧子山乃集詞為詞，每首專集一家，且組織夢窗句成長序一篇，可謂難矣。往者余執教南雍，聞汪辟疆得《麝塵蓮寸集》一種，集宋元人詞，多至數卷，小令慢詞，無不畢具。辟疆謂其辭之美與律之精，鬼斧神工不能過也。余欲假觀，而先為季剛取去，秘不復出。二十六年，寇氛及南京，季剛遺書，移藏采石磯某所。亂後檢閱，殘破過半，其僅存者，悉為湖北省圖書館收取，此編竟佚，辟疆亦不能記作者為誰某，訪求第二本，終不可得，相與惋惜。去年夏，湖帆出示所為《聯珠集》乞序，余道及此本，湖帆百計求之，至今年春，忽馳書告余云：「《麝塵蓮寸集》，已從表弟顧起潛圖書館借得，書計四卷，附錄一卷，約二百數十首，尊序所云每首中無本調，無複詞之說非也，但不多耳。重人則尚未檢出。至於撰句精工，真可佩服！」余得書狂喜，旋以他事赴滬，訪湖帆寓樓。湖帆執書迎候梯畔，見即授余曰：「此書出世，於君大有因緣，知必先睹為快也。」匆匆披覽，美不勝收，其裁剪他人，如自己出，信如辟壘所譽。按其作者為績溪汪淵，字詩甫，號詩圃，吾宗人也。妻休寧程淑，字繡橋，亦能文。書於光緒己丑編成，汪宗沂為序，去今適六十載；明年庚寅，程又序之，則余生之年也。湖帆誓當覓得一編，以為余壽，此願果償，亦足為藝林佳話。

梅景書屋傳韻事

（一）

《聯珠集》六十首，篇章不多，而特工妙。湖帆所自愜者，為《金縷曲・題董美人墓志拓本》，又《滿江紅・題秋夜草疏圖》，信能雄渾流傳，舉重若輕矣。余尤愛其《鶯啼序・集周美成》一首，以二百餘字之長調，而選辭合律，沈鬱如話，《麝塵蓮寸集》中不能有也。詞長不具錄，錄其《瑞鶴仙・自題梅景書屋圖》云：「洞簫誰院宇？正梁園未雪。玉蘭春住，柔香繫幽素，放小簾低揭，畫眉添嫵。鉛華不御，冷香飛，紅樓深處。向長安，泛洒芳箭，重省舊時霸旅。凝佇，名箋淡墨，明月自鋤，評花索句，江梅解舞。苕溪畔，記前度，伴蘭翹清瘦，共歸吳苑，相向金茸翠畝。甚年年，春屋園花，夜溫繡戶。」梅景書屋者，湖帆與潘夫人靜淑共隱之處。又自名其齋曰「醜簃」，以藏有醜奴碑佳本也。後得隋《董美人志》，則鐫一印曰「既美且醜」。

（二）

潘夫人工花卉，精麗妍妙，設色如生。嘗與湖帆合作梅花長卷，余為題《留春令》一闋，有「管趙風流見丹青，寫一幅能相寄」之句，非諛辭也。兼擅詞翰，作千秋歲，得「綠遍池塘草」五字，一時傳誦，遂與「謝客池塘生春草」爭勝，不幸夭折。湖帆即用此語，遍徵海內畫家為寫圖冊，以示哀思。《聯珠集》中載其《燭影搖紅》一首云：「茸屋營花，行雲應在孤山畔，靚妝臨水最相宜，春近江南岸，喚賞清華池館，記留連，歌塵凝扇，裁冰詞筆，一幅閒情，鉛香不斷。避影繁華，梅花重洗春風面，玉纖香動小簾鉤，翠羽飛梁苑，共倚篔屏葱蒨，殢綠窗，星羅萬卷，新詩細掐，臥笛長吟，洞簫低按。」亦題「梅景書屋」，與湖帆詞並集夢窗，可稱工力悉敵。

集舊句譜新詞

集諸家詞與專集一家，各有難處。蓋集諸家，則重人重篇，自宜懸為禁律，非勤於翻檢勘對，不易程功。集一家，則篇章所限，聲律之細，有難於巧合者。顧、汪二氏各為體例，其用心之苦，未易軒輊也。後來者無妨兼取其法，如聯珠所為。余門人楊廷福嘗集宋人句，作《念奴嬌》云：「翠蘿深處，把闌干暗拍，鴛鴦驚起。蓮葉層層遮綠傘，換卻鶯花人世。遲日烘晴，深烟帶晚，玉糝蒼苔碎，採茶時節，蜀紅妝春睡。無奈燕幕鶯簾，把愁勾了，空只添憔悴。宿粉殘香隨夢冷，瘦約楚裙尺二。釵鳳斜欹，鏡鸞慵舞，誰會憑闌意。竹枝三唱，耳邊依約常記。」亦無重人，無復調。余客重慶時，偶集成《蘇幕遮》一首云：「粉牆低，叢竹繞，蒼蘚沿階，曲徑通深窈，漸解狂朋歡意少，小院閒庭，夜闃無人到。黯凝魂，須信道，家住吳門，正倍添凄悄。月墮檐牙

哀舊友羅佶子

（一）

余六十初度，避客海堧。旬日中，唯一起居餘杭章夫人而已。而首知其蹤跡者，為王葆齋，以告元龍，元龍即投詩云：「聞道汪倫到，催妻洗酒樽，如何來歇浦，不肯過衡門。故舊於今少，文章得爾存，憑闌聊悵望，風雨又黃昏。」越日，為雞黍之約，同坐者僅尹默、葆齋數君，追懷舊友，首及羅佶子，元龍因寫錄輓詩三首。其一云：「南海波濤惡，胡為竟遠行。有生詎不滅，聞道故無營，少壯多文采，瀟湘記姓名。悲來天地窄，鼓角助哀鳴。」其二云：「曾哭曹張逝，於今又哭君，當年二三子，俱作死生分。往事殘春夢，浮生薄暮雲，南溟迷遠望，風雨正紛紛。」其三云：「學問尊黃老，官曹屢接連，斯人遂千古，分手僅三年，跡託吳門里，碑存皖水邊，頗聞諸女孝，不獨仲謀賢。」偕子，良鑒字，余紀雲陽程公，曾及偕子，不數日而遂聞其凶耗。偕子仕宦數十載，囊無餘資，所治唯葑門東小橋隙地二十餘畝，屋占數分，餘皆植花樹，收穫果實，以資生計。知余喜食桃，約桃熟時恣啖，歸期參差，終未暇踐諾也。寇至吳門，盡伐其佳種以去。

（二）

偕子謝蒙藏委員會委員長事，余曾一造往，應門無僮，草長沒徑，肅客烹茗，胥女公子親執其役，廉吏風概，彌可欽遲。早年與世推移，不廢俗好；晚益清心寡欲，屏絕紛華。元龍稱為黃老之學，頗得其實也。

偕子初無避地意，因女公子服務香港，固請迎養，陳光甫主中國旅行社，又與偕子素交，為預留飛機霸王號座，夫婦同往，並及於難。余聞訊後，亦有《浣溪沙》詞哭之云：「厚地高天一網羅，人生失意總悲歌。霸才無主奈君何。折翼竟成同命鳥，論心重憶懶雲窩，小橋東畔莫經過。」元龍詩所云曹、張，指曹纕蘅，張叔異。叔異名棟，亦僑寓吳門，亂中自蜀先歸，舟行吳江，遇盜死。

詩戰中健將

余初至巴縣，居重慶村，與元龍、葆齋同寓，旋移春森路，則與纕蘅、叔異，共為一宅。纕蘅先僦居正屋，主人王姓於隙地構西樓，余與叔異分居樓上下，比鄰則唐企林丈所寓也，行嚴居亦相近，時復過從。其後叔異赴他縣，余亦應彭醇士約，一度移居觀音巖下。不及旬日，而醇士避空襲，遠徙北碚，屋為強有力者所據。余復回春森路，樓已易主，其時佶子亦來，遂為纕蘅客。纕蘅耽詩，日有吟詠，而行嚴方與曾履川競作寺字韻詩，往復過百疊。一時和者，如陳仲恂、沈尹默、潘伯鷹輩十數君，皆健者。爭強鬥險，愈出愈奇，余強與周旋，亦至五六十疊。當時稱為詩戰，推敲論難，辯辭雲湧。纕蘅或就佶子決之，佶子倚胡床，淡然微笑，曰：「詩不作最佳。」余嘆為知言。彈指十載，友朋星散，仲恂、纕蘅，墓已宿草，而羅、張且以非命死，天道其可知耶！

頌桔廬詩酒會

履川賃屋下羅家灣，顏其齋曰「頌桔廬」，庖饌精潔，故詩酒之會，每假其處。作寺字韻時，適逢常會，各攜詩稿來集。余有贈伯鷹一首，起句云：「前身應住花之寺，花間細辨簪花字，多君險語寫柔情，倜儻風懷更殊異。」以其時伯鷹方有所屬意也。飲闌入室，傳視諸稿咸在，而余作數篇，遍覓不可得。室中陳具甚簡，無可藏處，又無他人出入，相顧錯愕，以為怪異。伯鷹笑謂：「恐有雅狐如青鳳之倫，賞君麗句，攝取不還矣。」余因復作一篇，有：「青鳳能來便可卿，空齋夜坐不須驚」之句。履川嘗欲匯付油印，而寇襲頻煩，工料難得，遂罷。余後教復旦大學，居下壩，夏日水至，書物漂流以去。寺韻詩未編，雜置几案，蕩無復存，原稿亦終不出。他人所作，聞尹默刪存十之二三，不知其餘猶完好否？余詩倘有附見他集者，尤願寫示，以志一時之樂也。

開門揖盜記

（一）

當空襲甚時，重慶市區，壁無完堵，市民流徙，靡有常居。元龍奉母避江北，主楊少五家，鄉人稱為楊家花園，即前述楊園者是。地僻無鄰，唯田塍四繞，雜以灌木，陂陀上下，有徑可通而已。少五居宅有垣，垣之外百餘步，矮屋數椽，元龍所借也。山茶列前，黃葛蔽屋，黃葛者，樹名，川黔諸地皆有之，臃腫樗散，材無所用，然易長而多陰，植之道旁，行者忘暍。川人多書黃桷，鄭子尹撰《遵義府志》，以葛為之，宜可從也。元龍既賃此，又方為重慶大學校長，不恒歸宿，盜臆其多金而不設備，入室抄略，無所得。妻賢，恐傷其姑，搜舊飾數事，盡予之。會楊家傭工驚起，盜逸去。元龍歸悉其事，置不究，賦詩紀之。時在庚辰冬，越日臘盡，招余往，共度新歲，聞之嗟異。余《楊園雜詩》中一首云：「據梧久契蒙莊旨，奮筆新成胠篋篇，此輩縱橫滿天下，未妨坐嘯有青氈。」即指此也。

（二）

未幾而盜復至，錮諸傭工，然後入。元龍起迎盜，引之就坐，餉以淡巴菇及杯茗，好語之曰：「汝輩皆豪士，以貧故，不得已而為此。然國法不可屢干，後宜改行。」因命妻孥：「竭吾錢贈諸豪士。」妻謂：「家中所餘，僅法幣三圓，安所得錢。」元龍乃取所御外衣付盜，曰：「吾亦貧，累汝等徒勞跋涉，奈何！」盜不肯受，皆曰：「公長者。」固與之，復媵以餅餌一器。盜曰：「既拜公賜，後不敢再來，然願公毋聲張。」元龍諾。盜去，釋傭工出，遽狂號警眾，元龍禁之，曰：「吾已許若輩。」傭工憤且笑曰：「與盜言，亦守之邪。」四出奔逐，盜已遠，而倉皇棄餅餌道中。元龍嘆曰：「吾失信於盜矣。」又作《紀遇盜詩》章云：「大盜優游笑竊鉤，小人重利亦何尤。室空尚喜余編簡，金盡真如去贅疣。月下開門招客入，堂前留榻勸渠留。主賓同感浮生困，那及沙鷗得自由。」後一事，余初不知，元龍頃為詳述如此，風度疏曠，真當求諸古人。

鬥韻分題

（一）

先是庚辰春日，余行役貴州，比中夏返，舊居都毀，監察院大部移金剛坡，別為院長賃官舍於坡下之龍洞口。右任留鎮陶園，不時往，以館行嚴。余既歸，無所依止，即就行嚴居，時亦往來歌樂山、向家灣、楊園諸處。龍洞口宅甚隘，几榻而外無長物。行嚴寄懷於詩，才思捷妙，日課五六篇至十餘篇，成必督余和之。余自為寺字韻後，久輟筆矣。至是大敵在前，不得以鞭弭從事，嘗次韻作云：「章君詩中豪，脫手千萬篇，我心有旁騖，文字捐中年。忽令將旗鼓，籌筆如防邊。風雲起龍洞，頓為眾口傳。三日成一卷，十日盈一篇，頗窮耳目娛，不畏肝腎煎。（下略）」蓋紀實也。當時酬唱之什，各著編中，未遑鈔附，故行嚴詩都不復記。惟記其贈章璠一篇，璠為余女弟子，令其鈔詩，故行嚴戲作云：「徐甲傭書李老君，得年三百且洽聞，徐陵鈔撰亦精絕，南北兩朝躋顯列。尊師當今一窮儒，貴壽皆非力所驅，不驅貴壽驅詩律，君自得之手寫畢。」余亦用韻答之云：「毛穎錫爵中書君，昌黎戲論吾所聞，簪花妙格自奇絕，得此亦可詫同列。我著儒冠久厭儒，夢招小宋為前驅，紅燭兩行搖不律，發憤還家自呫畢」。時余方備國史館籌備委員會顧問，故用小宋事，由文生情，強尋典實，不如原作之驅使自然也。

（二）

行嚴為余作《寄生篇》，釋寄生二字之義，兼敘交遊始末，余作《孤桐篇》報之。孤桐者，行嚴自號，其故家有桐二株，幼時兄弟二人，嬉戲其下，後一株殺於秋霜，兄亦早死，署此，志不忘也。余詩中「謂言家長沙，雙桐門前植，凶徵一枯死，伯氏竟先折。遺此孤桐孤，撫舊淚沾臆」數語，直述行嚴之言，差無變改。始亦嘗署秋桐，嫌涉紅樓人名，遂廢。對床數月，又各移居，自後雖間有酬答，無復鬥韻分題之樂矣。東歸以來，曾一在上海展覽書畫，得錢療貧，略無高趣，而行嚴樂為題品，寫贈四絕句，其一云：「汪八交情同衛八，汪東當日是陳東，老來閒寫山川賣，許我題詩阿堵中。」其二云：「詩成不值一文錢，得夢堪為謝惠連，素壁高堂皆證跡，池塘春草綠芊芊。」其三云：「雲林小幅最堪珍，流水棲鴉點綴新，神似鹿門高隱處，問君可是姓龐人？」其四云：「雖無李白調清平，卻有名花腕底生。只怕十分開足後，若人來比便傾城。」製題云：「旭初畫展，吾揮題數幅。」蓋於流覽之頃，信筆而成，捷思猶曩日，彌可驚服。

（三）

從行嚴居時，日課數韻，而行嚴猶恨其懶，嘗謔謂「旭初詩如胡桃，不敲之，不可得也。」聞者絕倒。余因呈短歌云：「章君病我慳，詩似胡桃肉，不用金椎敲，終不饜人腹。此語真詼諧，大笑絕冠索。自從伴君來，寫詩已充軸，便恐類胡椒，量之八百斛。胡椒雖比胡桃多，不堪鼎鼐將如何？」尹默見之，笑曰：「此又一胡桃也。」自謂平生為詩，多賴友朋程督之力。初共季剛遊處，每倡一韻，強令屬和，或接席連句，不容遲頓，是時所積較多。季剛歿後，旋遘世變，棲遲幕府，輟不復為。及與尹默、行嚴遇，督之之勤，一如季剛，故雖有散佚，猶得寫定數卷。今則離群索居，意興蕭瑟，胡桃之實，已枵其中，恐敲之亦將無所得，奈何！

客窗病榻

（一）

辛巳之夏，寓歌樂山靜石灣。考選委員會占地於此，委員長陳百年，副沈士遠，各有官舍，一曰衡廬，一曰鑒齋。兩家眷屬未至，百年約士遠同止衡廬，而虛鑒齋以待客，尹默先假居焉。余自龍洞口移寓市中嘉廬，嘗一過尹默，愛其幽靜。值春夏之交，空襲復至，嘉廬在黃家埡口，位市中央，不可復戀。三君乃掃除鑒齋一室，延余往。士遠為尹默兄，而百年則余同門友也，故交契如宿。於是求尹默書及余畫者日眾，縑素堆案，如掃落葉。吾二人亦假以遣憂，有時寇機在空，操翰自若，余為靜石灣圖並記，尹默書之。夕則篝燈論藝，詩歌而外，兼及倚聲。尹默自言，作慢詞由此始。

（二）

秋末，余宿疾大發，遂入中央醫院，月餘還鑒齋。臥床不起，轉側者十有五月，尹默躬護視之，百年、士遠，頻相慰藉，飲食以養其體，花木以娛其情，恩義之周，所謂生死肉骨者。梅蕊將發，余託以起興，述詩陳謝云：「靜石灣頭白板門，花開應似浣花村，窗間幾改圓蟾魄，樑上仍留宿燕痕。交誼如公敦薄俗，疏頑慚我負私恩，詩人但美霜中實，作意東君與細論。」此十五月中，凡有詩詞，皆尹默為之錄稿，故又有「勞渠絕代鍾王筆，卻與旁人寫惡詩」之句。余所為不足存，而此數卷，知必傳於久遠者，以尹默手鈔故。

（三）

病中每喜人過談，平時交遊，以蹤跡無定，不能常見，至是紛來探疾。亦有相知雖夙，而未嘗謀面者，轉因此時造訪，無慮相失，不煩紹介，自來訂交。窮愁羸疾之際，易生感激。故自辛訖癸，病榻中所作詩詞，俱見姓名，或隱約其事，如義山之無題者，皆所以志不忘，雖庸惡，不可刪也。徐道鄰、傅抱石皆初識面，抱石以所畫山水屬題，余為作長歌，抱石遂自留其畫，不肯與人。道鄰妻，德意志籍，能為其國詩歌，道鄰為余釋其意，余譯成《詠江流》，及題畫扇詩各一章，道鄰以為信而能達，余不自知也。葆齋始同寓時，殊落落。此時在黑石沖，距靜石灣猶三十里，每值休沐，必徒步跋涉，挈兒女來相省視，薄暮，則又徒步歸。余病初起，衷鐵衣，猶不能步，葆齋夫婦即迎余至其家。扶持料理，皆使兒輩任之。所居在叢竹中，微風忽吹，清響蘇魄，蠲疾之效，勝於藥餌。夫人金氏，嫻技擊。每觀其舞劍，用激壯思。故使衰病之軀，不竟埋骨異地者，友朋高義，所賴實多。拉雜追書，未盡萬一也。

（四）

余病為脊骨勞損，前已紀述。見之者或以同病，遠道寓書問治法，凡四五人，不論遍答，故復假《隨筆》述之。骨勞者，中醫舊名，西醫謂之骨脊結核，蓋結核菌著於肺，為肺結核，著於腎腸，為腎結核、腸結核，著於脊椎，為骨脊結核，隨所著處名之，其菌一也。余初從友人夜飲，左足微躓於石，酸楚不可狀，尋自可瘥。顧漸及腿部，筋若拘攣，曳踵而行，跬步逾刻，唯眠坐則無所覺。醫師云是腿神經痛，注射針劑，並令試溫泉浴良已。旋有分巡貴州之役，歷時半載，歷縣十四，以滑竿行者七百餘里。最後至湄潭，復觸舊恙，歸途漸不可任。居龍洞口時，時發時癒。適復有公事，至衛生署，副署長沈克非問余病狀，謂言腿神經痛是其見徵，何以至腿神經痛，其原因必別有在。自耳鼻咽喉牙齒，以至臟腑，非逐加檢驗，不能明也。其時空警頻繁，醫院散處，勢不得遍詣。

（五）

歐陽老人者，湘人，忘其名。因行嚴識余，為施按摩，兼以艾灸之，復小瘥。既遷靜石灣，疲於登陟，日加羸困。值中央醫院亦移歌樂山，就診，察知脊骨有異狀，以哀克斯光鏡驗之，則第幾脊椎已彎損矣。療治之法，先矯正骨狀，然後敷以石膏，待其凝固，使仰臥板床上，飲食便溺，不許轉側。醫師言：「殺菌無特效劑，唯可令體中自長鈣質（即石灰質），加以包圍，如築堤防，毋令潰決而已。故營養休養，為所必要，營養以助鈣質之長成，休養以待新骨之堅實，無他法也。」臥床之始，心頗躁擾。繼強加攝製，漸歸寧靜。死生任運，若忘有身。其間再經察驗，成效顯著。積十五月，去石膏，易以鋼馬甲，試令起步。又半年餘，乃得一切復舊，柳翁翼謀方歷萬險至重慶，相見北泉，曰：「吾二人皆更生也。」

（六）

病初起，醫師賀余，謂「此病速瘳，未見有第二人如此者。其故可得略言：年太少則體乏鈣質，太老則骨不易長，君適中年，一也。約身不謹，曾犯惡疾難治，而君無之，二也。病者日日思起，心不安定，則尤難治，君順其自然，生氣潛復，此精神之影響於體力者至巨，然非醫所能為，三也。」後聞同余病者，臥床至三四年或六七年不等，果如其言。竊謂此病無寒熱之煎灼，故神志不昏；異腸胃之潰潵，故滋味不減；所苦者，臥若僵蠶，思慮煩雜耳。欲止其思，宜寄情典籍，或誦佛號，各隨所便，他人亦不以細事擾之，久久相安，於病自利。別有一訊，言患處出膿，此在西醫謂之「柯拉柯勃塞斯」，言其異於平常發炎化膿也，中醫則謂之「流注」，情況較殊，似宜別求治法，世有盧扁，當能藥之。

沈尹默之詩興

（一）

尹默以書名海內，臨池日有常課，磨墨滌硯，必躬為之。目短視甚，嘗整理几案，玻璃杯貯水，拂之墮地，竟碎，蓋不見有物也。朋儕宴聚，尹默至，則在室者必曰某在斯，雖素熟習，未嘗辨面貌，自言聞其聲，如見其人而已。然而作蠅頭小楷，為余寫詩詞，筆勢盤辟界格中，分寸不失。六十後，始畫竹，比金冬心五十學畫，又遲十年。頃作三祝圖壽余，寫竹三竿，分枝布葉，盡偃仰之勢，氣息尤勝。余訝其似素能者，尹默謂「曩於書後洗筆，就筆頭所含之水，縱橫浥紙上，如撇竹葉，頗得其意。亦偶作幹，但不能使二者相輻耳。一旦出手，便爾貫通。人怪其速成，而我為之夙矣。」以是知古人「胸有成竹」之說，信非誇妄。詩詞初好陳簡齋，其後詩益恬適，味澹而永，五言上趣阮陶，殆與神合。倚聲則轉以珠玉、六一為宗，賦物紓情，並歸沉厚。篋中尚藏其手稿數紙，為《浣溪紗‧酬湛翁》、《訴衷情》擬《珠玉詞》、《定風波‧旋看飛紅化作泥》一首、《蝶戀花‧憑仗情思今往歲》一首，楊公庶皆已刻入《雍園詞鈔》，不具錄。錄其前年所寄《青玉案》一首，題為《飲茅臺酒陶然有作》云：「驅車峻阪臨無地，合早作歸休計，槃案之間聊卒歲，閒中風月，老來書畫，用盡平生意。西南酒美東南醉，萬里浮雲過吳會，說著西湖仍有味，柳橋花港，是經行處，魚鳥相還委。」

（二）

上詞託姚鵷雛轉致，書其尾云：「此詞頗欲得兄與寄庵諸公和之」，兄謂鵷雛也。又附詩一首，云：「去歲曾遊蘇州，有絕句數首，其中一首，須寫與寄庵：白門楊柳暮棲鴉，肯信詞人不憶家，車馬自來仍自去，蘋花橋畔夕陽斜。」以余尚滯南京，故寓意云爾，恨不見其全。近遇滬瀆，始從鈔得之，詩共六首，寄余者乃第五首也，餘並錄此：「杭州遊罷又吳城，不負清秋日日晴，虎阜獅林元自好，相看正要此時情。」「戒幢寺裡一池水，拙政園中百歲藤，今古悠悠多少事，知他誰廢復誰興。」「高臺麋鹿認遺蹤，離亂千年一再逢，夜半客船應有恨，寒山寺在不聞鐘。」「玄妙觀前逢乞丐，強將吳語聒遊人，探囊安得有靈藥，療盡人間一世貧。」「說著滄浪意自清，世間隨分有塵纓，卻愁野水荒灣去，醉倒春風句不成。」蘇子美遊滄浪亭，有「醉倒唯有春風知」之句，末語用之也。余不為詩，但和《青玉案》詞云：「曲生自有迴旋地，料不作封侯計，爾汝相歡歌萬歲，前年蜀道，今年湖上，總是天公意。孤雲閒看醒還醉，除卻樊川更誰曾，薺苦荼甘同一味，醉中唯恨，花枝狼藉，也似釵鈿委。」

(三)

尹默性不食猪肉，人或疑為奉清真教。輒笑對曰：「天生回回耳。」宋周美成聖於詞，集名《清真》。尹默每作慢詞成，以示余。余亦輒戲之曰：「清真轉世。」因嘗為余言錢玄同攢眉食肉事。玄同，字中季，與其兄念劬意氣不投，而顧嚴憚之。一日，念劬忽發興邀客食猪蹄，先集而問之，曰：「子欲得紅燒，抑白燉乎？」各如臆對。中季雖強應，心以為苦，欲逃不敢。余在座者，朱逖先、馬幼漁、沈兼士（尹默弟也）。七箸陳，各進猪蹄一器，唯逖先得紅白相半，從容啖

涉江詞

（一）

程千帆以書來，述祖棻在武昌，於前歲冬剖腹生女。醫師不慎，竟遺一大紗布腹中，困頓經年，群醫莫識。乃伴送至滬就診，經判明後，重行開刀，將紗布取出，而創口難復，體益虧損。於是始詳悉祖棻近狀，旋復遣人送致詞稿五卷，屬加審定，復附一書，略云：「《涉江詞》此次重編，以《浣溪沙・有斜陽處有春愁》一首開卷，蓋棻呈課卷時，以此詞為先生所賞，始專力於詞，今列卷首，以示淵源所自。」又云：「近一年來，疾病淹纏，久已輟業，近以大局丕變，文學亦不能不受政治之影響，標準既不相同，解人亦愈來愈少，深有會於古微先生晚年所謂理屈詞窮之戲言，因欲斷手不復更作。故鈔就之五卷，亦可認為全稿」云云，此蓋神明困於疾厄，境遇迫於煎熬，故其言危苦至是也。暫輟精思，以蘇羸疾，攝生之道宜爾。至慮標準不同，解人愈少，因欲斷不為詞，則私以為過。夫文氣盛衰，每關政治，壯美優美之異，蓟漢師已詳論之。至若文體變遷，則由於時會風尚。風尚之變，自有其因。而新體既成，舊體不必盡廢，宋不以詞廢詩，元不以曲廢詞，其明證也。至於解人難索，古今所同，極造深微，斷非庸眾所能賞析，此則一切道術學問皆然，豈獨文藝。若謂眾心難曉，便宜捲藏，則孔佛當輟其玄言，班匠當攦其巧指矣。故謂欲周世用之文，不妨從俗，詩歌之類，大都發抒感情，唯求自喻，譬諸病思緩痛，聊復呻吟，聞之者或起同情，或生厭惡，非所逆計也。子輿氏云，「自反而縮，雖千萬人吾往矣。」大勇若此，可與言文。

（二）

《涉江詞》令慢皆工，清婉之中，兼饒沉鬱，傷時感事之作，或託諸屈原香草，郭璞游仙。其間微意，有非時人所能領會者，易世以後，誰復解音，此所以有愈來愈少之嘆也。佳作既多，不能盡取，姑摘錄一二，備好事者觀覽焉。《浣溪沙》云：「折盡長亭柳萬條，天涯吟鬢久飄搖，秋魂一片倩誰招。沽酒更無釵可拔，論文猶有燭能燒，與君同度乍寒宵。」「今日江南自可哀，不妨庾信費清才，吟邊萬感損風懷。應有笙歌新第宅，可憐烟雨舊樓臺，謝堂雙燕莫歸來。」（十首之二）《蝶戀花》云：「乳燕交飛鶯亂語，如此江山，只有鵑聲苦。楊柳無情千萬縷，年年卻繫行人住。水上流花枝上絮，已是天涯，何必愁風雨？極目綠波芳草渡，轉憐春有歸時路。」《鷓鴣天》云：「八尺龍鬚換錦裀，空山落葉掩重門，當風團扇知秋意，繞榻茶烟談夢痕。新露點，舊星辰，一般良夜有寒溫。縱橫未了彈棋局，何必箏弦絮怨恩？」（四首之一）《踏莎行》云：「病枕殘書，吟箋別緒，遲遲長日和愁度。鈿車怕過舊池臺，珠簾自掩閒風雨。嫩約無憑，芳音易阻，紅樓遙隔垂楊路。今宵有夢向花陰，迴廊不是經行處。」

（三）

慢詞錄《燭影搖紅》云：「喚醒離魂，薰爐枕障相思處。漏驚輕夢不成雲，散入茶烟縷。密約鸞釵又誤，背羅幃，前歡忍數。燭花吹淚，蒙字迴腸，相憐情苦。題遍新詞，問誰解唱傷心句。闌干四面下重簾，不斷愁來路。將病留春共住，更山樓，風翻暗雨。歸期休卜，過了清明，韶華遲暮。」此詞在龍洞口與行嚴共讀，闌干以下數句，行嚴激賞之。又《月華清中秋》云：「征雁數驚弦，飛鳥繞樹，幾年塵滿香徑。樺燭清觴，節物故家休省。素娥愁，桂殿秋空，漢宮遠，露盤珠冷。端正，想山河暗缺，故遮雲影。高處驂鸞未穩，莫忘了天涯，此回潮信。舊舞霓裳，零譜斷弦誰聽，早催還，翠水仙槎，待重認，碧天金鏡。更永，漸雲鬟霧濕，畫闌愁憑。」此與碧山《眉嫵》，機杼相近，唯一則寓亡國之思，一則盼收復之切，用意微不同耳。

叔接嫂

含凉

《寄庵隨筆》中紀馬相伯先生述叔接嫂之俗，此雖陋俗，在鄉間頗為普遍。此外尚有子死，無叔季可接，則為寡媳別招一婿者，俗稱「黃泥胖」，亦稱「填黃胖」，其實則「防兒荒」之諧訛。緣農家以耕種為生，一旦失其壯男，不僅孤兒寡婦，難以贍養，抑且田荒地白，家以是而毀，故在情或有未當，在理亦未可厚非。我家墳丁，無嗣，贅一婿，婿卒，乃為「防兒荒」，納一男子，女卒，又為娶婦，如是得以延續。謂兒子是假，孫子是真。若論血統，則不可究詰矣。如此可見，耕者不肯輕易棄其田，宗祧之法，不能行於農間也。（按：含凉，吳江范烟橋別署）

汪衮甫之遺文

野民

閱《寄庵隨筆》載有汪君衮甫序吳和甫〈銅旗輯譜〉一文，雅名佳誦之下，覺其鋪陳敘事，曲盡文章之妙。寄庵云：「衮甫此序，雅馴可誦。」斯言誠不誣也。

汪君少年即負文名。余於清光緒二十九年春，負笈日本，時中國留學生，爭俄約甚激昂。某日在神田區錦輝館開會，決議組織義勇隊，公推鈕鐵生為會長。眾以汪君善屬文，遂舉為總書記，余因此識汪君，並知汪君為能文之士。當時各省留學生，均創刊雜志，鼓吹革命，如《湖北學生界》、《新湖南》、《浙江潮》、《江蘇》等，皆有聲於時。汪君在《江蘇》雜志撰文頗多，署名公衣，即衮字之拆寫也。其文一出，爭相傳誦，梁任公在《新民叢報》亦甚稱道之。未幾，汪君回國，入仕途，蹤跡遂疏。迨民國成立，汪君任眾議院議員，偶一相見。復隔七八年，汪君出使日本。余任職教育部，因處理留學生事宜，常與汪君接洽公事，有時或在函札中相與論文，汪君之書生意氣，一如留學時期。民國十有五年，東方文化事業委員會，在東京舉行年會。余與王晉卿先生及江翊雲、鄭貞文諸君前往參加。此時汪君仍為駐日公使，舊雨重逢，情深縞紵，常在官舍招飲，杯酒之間，暢談往事，以為笑樂。復經數年，汪君解職歸國，寓居故都，余適宦遊南京，終未得一晤。不久汪君即逝世，茲讀汪君遺文，為之愴然！（按：野民為武進湯中筆名。湯字愛理，清末與戴傳賢在東京日本大學同學，曾任北洋軍閥統治時期教育次長。）

獅林石

吳雙人

《寄庵隨筆》記吾蘇園林名勝，茲就獅子林補充所聞如次。

吳中園林頗多，要以獅子林、留園、汪義莊、怡園為最著。而獅子林尤以石名。汪義莊雖自詡疊石冠三吳，殊未足頡頏獅子林也。獅子林原為畫禪寺後園，一名五松園，有古松五株，故名。《瓶水齋集》、《清嘉錄》都有記。清高宗南巡，以其名獅林也，乃逐一指題山石，若者為太獅，若者為少獅，若者為獅吼，若者為獅舞，若者為睡為蹲，若者為躍為伏，若者在角鬥，若者在搏球，隨審隨題，左右為之記錄。凡得五百形相，侍從就名審形，罔不逼肖。諂諛者乃謂乾隆是羅漢轉世，夙具慧根，荒誕不經，殊堪一哂。但獅子林之名，以此傳遍遐邇。乾隆並諭寺僧畫出此圖，以賜從臣休寧黃殿撰軒為別業。其後闢園門為北向，遂與寺分。寺有碑碣，詳載其始末。故今寺前通衢，曰獅林寺巷。

此園滄桑屢變。民初歸上海李氏，嗣又讓諸里人貝潤生。拓併鄰地，築為家祠。於池旁添建石舫，施金碧，塗丹堊，砌水泥，輝煌富麗，氣象豪華。然恬靜古雅之風，不可復見；元高士倪雲林匠心布置之遺跡，亦不可復睹。惟舊峰三數，似曾相識耳。識者惜之！

獅林易主

鄭逸梅

雙人先生所紀獅林，民初歸上海李氏，據余所聞，卻有出入。民初獅林為公家所有，後忽有出讓之意。其時上海巨賈貝潤生赴蘇，車上適晤李平書，握手言歡，頗解岑寂。既而李談及獅子林事，貝詢其值，蓋深有林泉頤養以樂晚年之志也。曰：「若仍歸公家，則價定萬金；否則屬於私人，非萬五千金不可。」貝曰：「我購以為貝氏家祠，則亦非私也，請讓值。」卒以萬金易之。貝既得園，並買鄰地以拓其境，並囑其堂弟謹之擘畫布置，增益臺榭，疏濬池塘，所耗卻為三十萬金。池旁築一船屋，殊失遼廓空明之致，而累石嶙峋，什九隳圮，一一堆葺之，石與石間，以水泥黏合，新痕觸目，極不雅觀。謹之能丹青，然胸中尚少丘壑，雖煞費經營，反為名勝之玷疵也。

明季史稿

衛紫厂

《寄庵隨筆》載柳亞子先生治南明史，用心頗篤。治史家均以南明史料瑣複，野乘雜記叢繁，搜集綦難為恨。筆者遂憶去冬於吳門冷攤獲錢梅溪老人批校刪存《明季野史》稿本一冊，朱墨粲然，字跡頗精。梅溪跋云：「是集載有明史事，自英宗迄懷宗，其中軼事與正史互有異同。其與國朝龍興大致多半真書不諱，作者殆恐扞當世之文網，故託為亡，是公言歟！夫野史刪存，自古不廢，閱者存而弗論可也，勾吳八十一老人錢泳讀並識。」下鈐「錢泳之印」。

後記

先祖父汪東（一八九〇—一九六三），初名東寶，後改名東。字旭初，號寄庵、寄生、夢秋。早年曾在上海震旦大學肄業。一九〇五年赴日本留學，於東京早稻田大學畢業。在東京參加同盟會，追隨孫中山先生從事革命。並任《民報》編輯、主編，宣傳民主革命。歸國後，參加辛亥革命，任上海《大共和日報》總編輯。民國建立後，歷任北京政府內務部僉事，浙江象山、於潛、餘杭等縣縣知事，江蘇省長公署秘書，中央大學文學院院長、教授，監察院監察委員，禮樂館館長等職。

先祖父從國學大師章太炎先生學，於經史百家，無所不窺。對音韻學、文字學、訓詁學諸方面均有研究，造詣很深。所著散見於《新民叢報》、《華國月刊》、《制言月刊》等，為學界重視。公生平擅長詩詞，人們說，「他的詩是詩人之詩，詞是詞人之詞，各有千秋，難分軒輊的。」而其於詞學，工力尤深，蜚聲海內，被譽為「近代詞學大家」。所撰《夢秋詞》，作於一九〇九年至一九六三年，經五十餘年；共二十卷，計存詞一千三百八十餘闋，得詞之富，為歷來詞家所罕見。其著作尚有《詞學通論》、《寄庵詩》、《唐宋詞選》、《吳語》、《法言疏證別錄》等。

公亦擅長書畫，以篆書和畫梅著稱於世。一九五六年，上海中國畫院籌備組成立，公被聘為籌備組成員，特為畫院寫了一幅中堂篆書，被稱筆工剛勁有力。一九六一年初春，公逾古稀之年，為著名盆景專家周瘦鵑先生所畫一幅墨梅，「虬枝老幹，疏影橫斜，彷彿有陣陣冷香從紙背透將出來。」

公是積極的社會活動家。自十六歲赴日本留學，在日認識了孫中山先生後，接受了孫先生的革命啟迪，積極投身革命，大革命時期，擁護孫中山先生的革命主張和聯俄、聯共、扶助農工的三大政策，擁護國共合作，保護和營救過革命學生。抗日戰爭時期，南京淪陷前，離寧赴渝，贊成國內一切力量團結抗日和實現第二次國共合作。抗戰勝利後，反對內戰，主張中國要和平、民主、繁榮和富強。新中國成立後，對中華的崛起，歡欣鼓舞。對祖國的統一，寄予希望。對在臺灣的親朋故舊，無限懷念。公於一九五〇年起直至一九六三年逝世的十多年中，被聘為上海市文物保管委員會委員。曾當選為蘇州市人民代表、人民委員會委員，出任蘇州市政協副主席、江蘇省政協常務委員，民革中央團結委員、民革江蘇省委會副主任委員、民革蘇州市委主任委員等職。晚年，猶為振興中華奔走南北，為祖國統一大業做了很多工作。一九六二年患癌症住醫院治療，一九六三年春，以驚人毅力，承受手術的痛苦，仍時常臥床著詞，即使自己無法書寫，亦以口授詞意，命家人筆錄之。

公是教育家，長期在大學任教。一生廉潔奉公，克己待人。生活勤儉樸素，學術精益求精。公博覽群書，學識淵博。學而不厭，誨人不倦。昔日眾多學生弟子，今日已成為海峽兩岸及海外著名學者專家或政治家、社會活動家。作育英才，桃李滿天下。

抗戰勝利後，上海《新聞報》副刊連載劉成禺所撰《世載堂雜記》完畢。報社請公為副刊執筆，日撰《寄庵隨筆》，凡一百餘則，內容豐贍，筆墨雋雅。時隔多年，人弗忘懷。茲由上海書店熱情支持，重印出版。又承鄭逸梅先生作序，謹此一併致謝。

一九八七年一月汪堯昌於上海

血歷史95　PC0675

新銳文創
INDEPENDENT & UNIQUE

寄庵隨筆：民初詞人汪東憶往

原　　著　汪　東
主　　編　蔡登山
責任編輯　洪仕翰
圖文排版　詹羽彤
封面設計　蔡瑋筠

出版策劃　新銳文創
發 行 人　宋政坤
法律顧問　毛國樑　律師
製作發行　秀威資訊科技股份有限公司
114 台北市內湖區瑞光路76巷65號1樓
電話：+886-2-2796-3638　傳真：+886-2-2796-1377
服務信箱：service@showwe.com.tw
http://www.showwe.com.tw
郵政劃撥　19563868　戶名：秀威資訊科技股份有限公司
展售門市　國家書店【松江門市】
104 台北市中山區松江路209號1樓
電話：+886-2-2518-0207　傳真：+886-2-2518-0778
網路訂購　秀威網路書店：http://store.showwe.tw
國家網路書店：http://www.govbooks.com.tw

出版日期　2017年11月　BOD一版
定　　價　280元

國家圖書館出版品預行編目

寄庵隨筆：民初詞人汪東憶往 / 汪東原著；蔡
登山主編. -- 一版. -- 臺北市：新銳文創,
2017.11
面；　公分. -- (血歷史；95)
BOD版
ISBN 978-986-95452-5-9(平裝)

852.486　　　　　　　　　106018123

讀者回函卡

感謝您購買本書，為提升服務品質，請填妥以下資料，將讀者回函卡直接寄回或傳真本公司，收到您的寶貴意見後，我們會收藏記錄及檢討，謝謝！如您需要了解本公司最新出版書目、購書優惠或企劃活動，歡迎您上網查詢或下載相關資料：http:// www.showwe.com.tw

您購買的書名：______________________________________

出生日期：_________年_________月_________日

學歷：□高中（含）以下　□大專　□研究所（含）以上

職業：□製造業　□金融業　□資訊業　□軍警　□傳播業　□自由業

　　　□服務業　□公務員　□教職　□學生　□家管　□其它_____

購書地點：□網路書店　□實體書店　□書展　□郵購　□贈閱　□其他

您從何得知本書的消息？

□網路書店　□實體書店　□網路搜尋　□電子報　□書訊　□雜誌

□傳播媒體　□親友推薦　□網站推薦　□部落格　□其他__________

您對本書的評價：（請填代號　1.非常滿意　2.滿意　3.尚可　4.再改進）

封面設計____　版面編排____　內容____　文／譯筆____　價格____

讀完書後您覺得：

□很有收穫　□有收穫　□收穫不多　□沒收穫

對我們的建議：______________________________________

____

____

____

請貼
郵票

11466
台北市內湖區瑞光路 76 巷 65 號 1 樓
秀威資訊科技股份有限公司 收
BOD 數位出版事業部

………………………………………………………………………………

（請沿線對折寄回，謝謝！）

姓　名：________________　年齡：________　性別：□女　□男

郵遞區號：□□□□□

地　址：________________________________

聯絡電話：(日)________________　(夜)________________

E-mail：________________________________